Rolf Barkhorn

Röhrentod & Bandsalat

und andere Katastrophen aus dem Alltag eines

S.p.U.

Impressum

Texte: © Rolf Barkhorn
Umschlag: © Rolf Barkhorn

ISBN: 978-3-9820941-8-2

Auflage: on-demand
Verlag: Eigenverlag Rolf Barkhorn
Wittholz Ring 4
18225-Kühlungsborn
rolf@barkhorn.de

Rolf Barkhorn

Röhrentod & Bandsalat

und andere Katastrophen aus dem Alltag eines

S.p.U.

Über den Autor:

Rolf Barkhorn
Jahrgang 1955
Freier Autor und Journalist
lebt an der Ostsee in
Mecklenburg-Vorpommern

Inhalt

Danke

Bei der Ausübung meines schönen Ne-
benberufes als „Diskotheker" in vier Jahr-
zehnten durfte auch ich so manches Mal für
meine Musikauswahl nach einer gelungenen
Party den Applaus des Publikums einheim-
sen. Das war sehr nett von den Gästen, aber
nicht verdient.

Denn dieser Lohn gehörte anderen. Die
wahren Helden auf den Bühnen waren, sind
und bleiben für mich immer noch die unzähligen Musiker, die ihren Instrumenten mit
eigener Hand die schönsten Rhythmen und
Harmonien entlocken können.

Sie sorgen mit ihren Kreationen dafür,
dass wir Diskjockeys überhaupt etwas „zum
Auflegen" haben.

Deshalb gilt mein persönlicher Dank an
dieser Stelle allen Musikern, Komponisten,
Textern, Sängern und Produzenten dieser
Welt. Nichts passt dabei besser als Zitat, als
der wunderschöne Song von ABBA:

Thank You For The Music!

Einleitung

Die bildliche Vorstellung des westlich geprägten Begriffes vom „Diskjockey" mutet schon kurios an. Ein Jockey, der auf einer großen runden und schwarzen Scheibe reitet – welch lustiger Gedanke!

Aber das wird von der alternativen ostdeutschen Wortschöpfung, des „Schallplatten-Unterhalters", die dann auch noch mit S.P.U (gesprochen ES-PE-U) ihre offizielle Abkürzung erhielt, noch getoppt. Ein Jockey mag es noch schaffen, auf einer Disk zu reiten. Aber wie unterhält man eine Schallplatte?

Der von DDR-Kulturstrategen Anfang der 1970er Jahre eiligst erfundene Name traf die Tätigkeit des Alleinunterhalters, der dem Publikum Musik „aus der Konserve" auf die Ohren gab, schon deshalb nicht genau, weil nur die wenigsten SPUs auf den Bühnen der Kulturhäuser und Dorfgaststätten gern mit Schallplatten arbeiten mochten. Zum einen hielt sich das musikalische Angebot, das offiziell in den Läden des VEB Deutsche Schallplatte zu haben war, in Grenzen.

Zum anderen wollte man, wenn man doch mal ein Prachtstück ergatterte, nicht riskieren, dass die kostbare Scheibe im Einsatz vielleicht noch zerkratzt oder gar in einem Moment der Unaufmerksamkeit geklaut würde.

Nach meinem Buch „Rübergemacht, aber andersrum", das vom Umzug meiner Familie vom Westen in den Osten (1967) und den ersten Jahren in der neuen ungewohnten Heimat, handelt, möchte ich meine Leser nun mitnehmen in den Backstage-Bereich der unteren Ebene der ostdeutschen Unterhaltungsbranche.

Als DJ, Diskomoderator oder wie wir es anstelle von SPU nannten, als „Diskotheker", hatte ich nebenberuflich so manche Partygemeinde und tanzfreudige Jugendliche und Junggebliebene in Diskotheken und Bars unterhalten – behördlich genehmigt und offiziell als Amateur eingestuft mit einer Lizenz.

Auch nach der Wende übte ich das Hobby, jedoch dann unter weitaus besseren Bedingungen in vielerlei Hinsicht, noch lange aktiv aus und hatte dabei selbst immer noch viel Freude daran.

Wie die Jungfrau zum Kinde

Meine Karriere als DJ im Osten, die dann knapp vier Jahrzehnte andauerte, startete ich im Frühjahr 1974. Aber nicht etwa, weil ich das schon lange so geplant hätte, ich oder andere mich für außerordentlich talentiert hielten. Ich kam zu diesem Hobby, das anfangs nur selten auch ein einträgliches Geschäft war, wie die sprichwörtliche Jungfrau zu ihrem Kinde. Das passt dann wenigstens zu meinem Sternbild. Fast aus dem Nichts heraus, oder treffender formuliert, aus der Not geboren, übernahm ich zögernd diesen Job. Der Grund dafür: Ich wollte mich mit der Tristesse, die mich nach einem Standortwechsel umgab, nicht so schnell abfinden.

Ein halbes Jahr zuvor, im September 1973, hatte ich das Lehrerbildungs-Institut, an dem ich eine Fachschulausbildung absolvierte, gewechselt. Nach zwei Jahren Studium in der belebteren Bezirksstadt Potsdam, landete ich in einem beschaulichen Städtchen auf Rügen. Landschaftlich vortrefflich gelegen und auch städtebaulich eine

Perle war und ist dieser Ort immer noch ein beliebtes Ziel bei Touristen.

Aber damals ging es dort in der Zeit von Oktober bis April eher trist zu, zumindest anders, als ich es aus Potsdam kannte, wo schon in unserem eigenen Studentenclub einiges los war.

Das heißt nicht, dass in meinem neuen Studienort kulturell alles mausetot war. In der HO-Gaststätte, die über einen großen Saal verfügte, legte zwar nur selten jemand Schallplatten oder Tonbänder auf. Dafür spielten regelmäßig Livebands zum Tanz, vielleicht mehr, als es heute außerhalb der Saison in vielen Seebädern der Fall ist. Aber im Vergleich zu meinem bis dahin gewohnten Stadtleben war es mäßig.

Bei den Tanzabenden in den Gaststätten wurde meistens zu nachgespielten englischen Titeln das Tanzbein geschwungen. Die beliebtesten Songs von Creedence Clearwater Revival (CCR) und anderen angesagten westlichen Bands hatten die Jungs schon ganz gut drauf. Nur kannte man nach drei Abenden die Titelliste der Combo schon auswendig. Es fehlte an Abwechslung. Wenigstens waren die Preise, die wir in der Gaststätte für

Eintritt und Getränke zahlten, recht moderat.

Der Eintritt kostete 1,60 Mark. Wegen 50 Pfennig Ermäßigung lohnte es eigentlich nicht, beim Einlass den Studentenausweis zu zücken. Das taten wir dann doch ab und zu, denn ein Viertel Liter Bier kostete 51 Pfennig. Da konnte man sich dann fast eines mehr leisten.

Kurz nach Erhalt des monatlichen Stipendiums, von dem bei mir nach Abzug der Kosten für Unterkunft und Vollverpflegung netto noch 110 Mark übrigblieben, ging man halt öfter aus.

Da wir uns auch unter der Woche gern mal ein Bierchen und zum Essen ein Schnitzel für 3,90 Mark oder ein „Bauernfrühstück" für 2,30 Mark in der Gaststätte gönnten, war jedoch relativ schnell wieder Ebbe in der Kasse. Den Jugendlichen, die in der kleinen Stadt oder dem Umland lebten, erging es nicht anders.

Außerdem wollte man nicht länger abhängig sein von Veranstaltungen, Öffnungszeiten und Preisen der Gaststätte. Zusammen mit Jugendlichen aus dem Ort und anderen Studenten aus dem Institut gelang es schließlich, die Stadtverwaltung zu überzeugen.

Eine Baracke, die auf einem Hügel und nicht so dicht an Wohnhäusern stand, sollte als neuer Treff für die Jugend zur Verfügung gestellt werden. Das war in kurzer Zeit mehr, als zu erwarten gewesen war. Wir bekamen sogar noch etwas Geld aus der Stadtkasse, mit dem wir die Räumlichkeiten, unseren „Jugendtreff", in Eigenregie etwas aufhübschen konnten. Damit war das Raumproblem gelöst, aber nicht die Frage, wer sich um die Musik zu kümmern hat.

Um alles andere, was organisatorisch zu regeln war, sorgte sich eine Kommilitonin aus meiner Seminargruppe. Sie wohnte nicht wie wir anderen Studenten im Internat. Sie stammte von der Insel und wohnte bei ihren Eltern im Nachbarort.

Als Einheimische gehörte Claudia *[1] zur Ortsleitung der Freien Deutschen Jugend (FDJ) und sie hatte beste Kontakte ins Rathaus und in die Kreisstadt.

Aber sie wusste auch, dass es sich der neu gegründete Jugendtreff nicht leisten konnte, einen der mobilen DJs, die es damals noch in sehr geringer Zahl gab, für jede Veranstaltung einzukaufen.

Solche Leute mussten entsprechend ihrer Lizenz bezahlt werden. Technikgeld und Transportkosten kamen meistens noch obendrauf. Es sollte für unseren neuen Treff eine eigene Lösung her. Die hing aber vor allem auch mit technischen Fragen zusammen. Über eine eigene Discoanlage verfügte der Treff anfangs noch nicht.

Mitten in der Renovierungsphase trafen wir uns mindestens zweimal wöchentlich zur „Krisensitzung" - wie wir fortan die Zusammenkünfte unseres neu gebildeten Clubrates nannten - um das weitere Vorgehen zu beraten.

Natürlich traute mir unsere Clubchefin es zu, den Partybetrieb irgendwie in Gang zu bringen. Hatte ich ihr doch reichlich vorgeschwärmt, wie bunt mein Jugendleben zuvor in Potsdam gewesen sei. Aber die Idee, dass ich selbst als DJ in Aktion treten könnte, verwarf ich erst einmal.

Ich besaß zwar ein paar Dutzend Magnettonbänder mit Musik, die für mehrere Tage Party gereicht hätten. Aber das Philips-Tonbandgerät meiner Eltern, mit dem sie aufgenommen wurden, existierte längst nicht mehr.

Das hatte ich schon in unserem Studentenkeller in Potsdam kaputtgekriegt und nach dem Versuch, es selbst zu reparieren, war es dann Totalschrott.

Selbst wenn ich das Geld gehabt hätte, mir ein neues Bandgerät der damals begehrten tschechischen Marke Tesla zu kaufen, hätte das noch Monate gedauert. Denn für die Geräte, von denen im Laden für „Radio und Fernsehtechnik" (RFT) in der Kreisstadt sogar eines in der Auslage präsentiert wurde, gab es eine lange Warteliste. Das war trotzdem kein Grund aufzugeben. Probleme löste man im Osten Deutschlands am besten mit Vitamin B, was vor allem als Abkürzung für das Wort „Beziehungen" stand. Gute Beziehungen zum RFT-Laden hatte ich da noch nicht, aber manchmal reicht es auch, jemanden zu kennen, der das hat, was man selber nicht besitzt.

So einen kannte ich und das sagte ich unserer Clubchefin: „Udo hat ein Tonbandgerät! Der muss herkommen und Musik machen", war meine Lösung, die ich ihr vorschlug. „Wer ist Udo? Kann der das?", wollte Claudia wissen.

Udo war ein gleichaltriger Freund aus dem Ort, hatte aber mit unserem Institut nichts zu tun. Er war Schüler der Erweiterten Oberschule, ein ruhiger anständiger und schüchterner Typ, auf den die Mädchen flogen.

Ich hatte ihn bei einer privaten Party kennengelernt, zu der er sein Tesla B57 mitgebracht und damit die Musik abgespielt hatte. Um das Tonbandgerät beneidete ich ihn. Aber nicht um die Musik auf seinen Bändern. Da hatte ich bessere! Allerdings war das Equipment damit noch lange nicht komplett. Uns fehlten noch eine Verstärkeranlage, ein Mischpult – und ganz wichtig: ein Mikrofon! Schließlich wollten wir in unserem Club nicht einfach so eine Non-Stopp-Mugge*[2] abfackeln, sondern, wie es damals üblich war, die Titel auch ansagen, dem Publikum Informationen geben und es unterhalten.

Theoretisch jedenfalls musste das nach unseren Vorstellungen genauso ablaufen.

Als ich Udo das nächste Mal traf, ließ ich ihm keine lange Bedenkzeit, ich machte ihm klar, dass es ohne ihn im Jugendtreff gar nicht weitergehen würde.

Das gefiel ihm offensichtlich. Er sagte zu. Ich bekam sein Wort und seinen Handschlag. Das zählte damals viel auf der Insel. Wegen der anderen Geräte fragten wir bei einem der Musiker aus der Liveband nach, die regelmäßig im „Deutschen Haus" aufspielte.

Mathias, der von allen nur „Matze" genannt wurde, versprach, uns für unsere erste Party einen Verstärker vorbeizubringen und gab uns den Tipp, doch auch mal bei Roland nachzufragen.

So hieß ein damals schon umherreisender DJ, einer der ersten mit einer Amateur-Spielerlaubnis auf der Insel. Auch er wohnte in unserem Studienort. „Roland hat bestimmt noch etwas an Technik für Euch rumliegen. Außerdem arbeitet der als Elektroniker bei RFT. Der hat Vitamin B", betonte Matze. Roland kannte ich bis dahin noch nicht persönlich. Aber ich wusste, dass er am folgenden Sonntagnachmittag im Deutschen Haus zum „Tanztee" in Aktion sein würde. Die Plakate, die überall im Ort hingen, waren nicht zu übersehen. Also machten Udo und ich uns sonntags auf ins Deutsche Haus.

Draußen war es ungewöhnlich warm, so als wollte der Sommer schon etwas zeitiger vorbeischauen. Der Saal war trotz des Werbeaufwandes fast leer, obwohl es drinnen angenehm kühl war. Nur an einem Tisch saßen vier Mädchen, alle aus dem Internat unseres Institutes.

Auf der Bühne langweilte sich DJ Roland sichtlich als Unterhalter des Nachmittags. Das war für uns eine gute Gelegenheit, ihn anzusprechen, fand ich. Wir gingen die seitlichen Stufen zur Bühne hoch und begrüßten den groß gewachsenen Mann. „Was wollt Ihr hören?", freute er sich über die vermeintlichen ersten Musikwünsche.

Wir winkten aber ab. Denn Musikwünsche wollten wir ihm nicht vortragen. Ich erzählte dass wir dabei wären, einen Jugendtreff einzurichten und erklärte ihm kurz unser technisches Problem. Seine Reaktion war unerwartet hilfsbereit.

Er versprach, sich unseren Treff anzusehen und bot auch gleich an, für „kleine Gage" dort selbst mal aufzutreten. Mehr war an dem Tag für uns auch nicht zu erreichen.

Zuvor hatten Bekannte aus dem Ort und auch Mädchen aus dem Institut Roland als eingebildet beschrieben. Das konnte ich so nicht bestätigen. Udo teilte mit mir die Einschätzung, dass der RFT-Techniker uns gewiss weiterhelfen würde.

Claudia blickte dennoch skeptisch drein, als wir ihr von dem Gespräch mit dem erfahrenen Diskjockey erzählten. So recht traute sie ihm wohl doch nicht über den Weg.

Dafür hatte auch sie eine gute Nachricht für uns. Im Clubraum lagen ein paar große Faserplatten bereit, die wir für den Bau unseres Discopultes auf die Materialliste gesetzt hatten. Auch Töpfe mit Lackfarben hatte sie schon für uns besorgt.

Als Handwerker bin ich zwar eher mit den sprichwörtlich zwei linken Händen gesegnet. Udo war nicht viel talentierter als ich. Aber das Diskopult in den Maßen zweieinhalb Meter lang, einen Meter hoch und einen Meter breit, bestehend aus zwei Zentimeter dicken Spanplatten wurde unser handwerkliches Meisterstück. So fühlten wir uns jedenfalls. Wir zeichneten, sägten, hämmerten und schraubten drei Tage lang an dem Pult.

Dabei darf man nicht vergessen, dass wir damals weder Kreuzschrauben noch Akkuschrauber zur Verfügung hatten. Unsere Holzschrauben hatten Schlitze und wurden alle mit der Hand und einem normalen Schraubenzieher ins Holz gedreht.

An einigen Stellen kamen auch Nägel zum Einsatz, die sich allerdings beim Reinhämmern zu schnell verbogen.

Das fertige Prachtstück aber konnte sich sehen lassen! Durch Metallwinkel, die wir im Inneren mit den Platten verschraubt hatten, wurde es eine stabile Konstruktion, da hätte man auch drauf tanzen können. Auch konnte man als Erwachsener drauf schlafen. Das hatte ich später selbst ausprobiert.

Zu guter Letzt griffen wir noch zu Farbe und Pinsel und verpassten unserem Musiktresen ein auffälliges buntes Dekor aus roter und schwarzer Lackfarbe und übertünchten damit so manchen krumm geschlagenen Nagel.

Als das Kunstwerk fertig war, avancierte es sofort zum Hingucker im ganzen Raum. Als wir dann jedoch das einzige Stück unserer technischen Ausstattung, Udos B57, auf dem großen Tisch abstellten, sah es darauf schon etwas verloren aus.

Das erinnerte uns daran, dass wir unbedingt noch einiges zu besorgen hatten. Bandmusiker Matze kam uns zuvor. Er hielt sein Versprechen und brachte einen Nachmittag vor unserer Eröffnungsparty persönlich seinen Verstärker vorbei.

Es handelte sich um einen Regent 30H, mit den Maßen eines großen Reisekoffers. An das Gerät, einem sogenannten „Mischverstärker" aus DDR-Produktion, schloss man gewöhnlich eine Gitarre und ein Mikrofon an, beides über Klinkenbuchsen. Auch der Klang ließ sich etwas regeln. Die Zahl 30 stand hierbei für 30 Watt Musikleistung. Kein üppiges Kraftpaket. Dieser Wert wird heute von jedem einfachen Küchenradio übertroffen.

Elektronisch betrachtet waren es sogar nur 25 Watt, die von den beiden 12,5 Watt starken Lautsprechern zusammen an Leistung aufgebracht wurden.

Interessant an diesem Gerät war das „H". Es stand für die Möglichkeit, dem ausgehenden Ton noch so etwas wie einen Hall-Effekt dazuzugeben.

Für die Gesangsmikrofone der Livemusiker war das eine wichtige Komponente. Das schonte ihre Stimme etwas. Denn mit Verstärkern dieser Leistung machten tatsächlich auch kleinere Bands Musik in gar nicht mal so kleinen Räumen.

Einen kleinen Raum zu beschallen aber hatten wir. Das dachte sich auch Matze, der Musiker, und sah amüsiert zu, wie wir das erste Mal mit seinem Gitarrenverstärker hantierten. Wir stellten die Kiste im Querformat auf unseren DJ-Tresen, steckten den Netzstecker in den Verteiler und warteten eine Weile. Immerhin wussten wir bereits, dass es sich bei dem Gerät um einen Röhrenverstärker handelte, der seine Kraft von Röhren bekam, ähnlich wie sie damals auch in den Fernsehgeräten steckten. Röhren brauchten einen Moment, um auf Betriebstemperatur zu kommen. Nach ein paar Minuten drehte Udo die Regler voll auf, wir hörten ein monotones Brummen.

Das Brummen wurde immer lauter und unangenehmer. Dann war es still im Jugendtreff.

Na klar doch! Wir hatten noch gar keine Musik angeschlossen. Udo hatte ein

Adapterkabel für den Klinkenanschluss mit, das er sich ausgeliehen hatte.

Er verband sein B75 schnell und direkt mit dem Verstärker. Doch so viel er auch an den runden Knöpfen drehte, die Kiste gab keinen einzigen Laut mehr von sich – nicht mal ein leises Brummen.

Matze ahnte sofort, warum: „So ein Mist, anscheinend der Röhrentod! Ich wette, eine der beiden EL34 ist hinüber – Oder beide. Ihr habt den Verstärker aufgedreht, ohne ihn zu belasten. Das können die Dinger gar nicht ab. Aber woher solltet Ihr das auch wissen?", erinnerte er uns daran, dass wir in Sachen Musiktechnik reinste Greenhorns waren.

Aber wo sollten wir jetzt einen Tag vor der Eröffnung unseres Clubs Ersatzröhren herbekommen? „So etwas hat man dabei!" belehrte uns Matze und holte aus einer Seitentasche der großen Hülle, in die der Verstärker eingepackt war, ein kleines Etui.

Darin lagen zwei Glasröhren, so groß wie Einlegegurken. Mit ein paar Handgriffen und einem Schraubendreher hatte der Musiker das Gehäuse des Verstärkers geöffnet.

Er betrachtete aufmerksam das Innere und zog mit etwas Kraft zwei etwas angestaubte Glasröhren aus ihren Sockeln.

Matze hielt nacheinander beide Teile vor seinen Augen gegen das Licht, so als könnte er ihr Inneres durchschauen, meinte dann aber: „Das sehe ich jetzt nicht, ob die andere auch durchgebrannt ist. Aber schaut mal, diese hier ist von innen an der einen Stelle ganz schwarz. Das ist der Röhrentod! Die ist nicht mehr zu gebrauchen."

Ich erkundigte mich noch bei Matze, was denn so eine EL34 kosten würde, die wir ihm dann natürlich zu ersetzen hätten.

Doch er winkte ab. „Die kostet im RFT-Laden um die 20 Mark das Stück. Und manchmal auch gar nichts. Wenn unsere Urlauber aus Mühlhausen kommen, bringen die mir immer eine Kiste voll mit. Die stellen die Dinger da bei sich her. Sonst hilft Roland auch schon mal aus. Der sitzt ja bei RFT an der Quelle", bemerkte Matze.

Während er uns erzählte, dass die Röhre für ihn zum Glück keine Mangelware und dieses Teil in fast allen Verstärkern verbaut sei, steckte er die vermeintlich heil gebliebene Röhre in einen der leeren Sockel und an den anderen Platz kam eine neue.

Aber er fasste die Glasteile jetzt nicht wieder mit bloßen Händen an. Er benutzte ein Taschentuch, mit dem er beide Röhren vorher nochmal gründlich von außen abgewischt hatte. „Wenn Du die beim Einsetzen mit schwitzigen Fingern berührst, ist das nicht gut. Dann bleibt Schweiß auf dem Glas und das verkürzt das Leben der Röhre gewaltig", wurden wir belehrt.

Der Musiker schaltete den Verstärker wieder ein, als das Gehäuse noch offen war. So konnte er besser sehen, ob die Röhren anfingen zu glühen.

Als beide im Inneren ein kleines rotes Licht von sich gaben, schraubte er den Kasten wieder zu, drehte beide Lautstärkeregler auf null zurück und gab Udo ein Zeichen, dass er das Tonbandgerät starten könnte. Die Spulen auf dem Tesla begannen sich zu drehen und Matze drehte leicht an einem Regler.

„Ohh my sweet Lord…" tönte es laut genug und so angenehm vertraut durch den Raum. Wir strahlten. Es geht doch!

Der Amateurmusiker erklärte uns dann noch, dass wir es leichter hätten, wenn wir an dem einen Eingang noch ein Mischpult anschließen könnten. Von dem wäre dann die Tonausgabe von zwei Bandgeräten zu regulieren.

Alternativ ginge als Zweit- oder als Drittgerät auch ein Plattenspieler, erläuterte er uns. „Wozu nutzen wir den zweiten Eingang am Verstärker?", fragte ich neugierig nach. Matze griff noch einmal in die Seitentasche der Verstärkerhülle und kramte ein schwarzes Plastikmikrofon hervor.

„Hierfür" sagte er und steckte den Klinkenstecker, der sich am anderen Ende der Mikrofonschnur befand, in die Buchse. Langsam drehte er den Regler auf, bis der Lautsprecher unerträglich quietschte. „Ich habe es zu dicht an den Lautsprecher gehalten. Also bleibt damit am besten hinter der Box, Hall muss auch nicht so viel dabei sein", half uns unser Förderer noch mit ein paar Tipps, dann sah er kurz auf seine Armbanduhr und verabschiedete sich eilig.

Damit hatten wir für unseren ersten Auftritt, alles, was wir brauchten.

Auf das Zweitgerät verzichteten wir erst einmal, denn ein Mischpult ließ sich sowieso nicht gleich auftreiben. Wir waren ohnehin schwer davon überzeugt, dass die Lieder auf unseren Bändern sehr perfekt hintereinander passten. Wozu also ein Zweitgerät?

Die Titelfolge zu ändern, wäre doch gar nicht nötig, fanden wir. Wir frisch gebackenen Diskjockeys ließen uns von Claudia den Schlüssel für die Baracke geben und blieben noch allein bis kurz vor Mitternacht dort, um unser Equipment zu testen. So ganz ohne Publikum wurden wir mutig, probten ein bisschen, wie man Titel von T-Rex, The Sweet und Co am besten ankündigen sollte und berauschten uns an unserem Tun und ein paar Flaschen Bier, die Udo vorsorglich mitgebracht hatte.

So dämlich stellten wir uns bei unserem ersten gemeinsamen halb öffentlichen Auftritt dann auch gar nicht an. Bevor wir aber loslegen konnten, wurde der neu eingerichtete Treff erst einmal offiziell eröffnet. Dazu hatten sich auch Gäste eingefunden.

Der Bürgermeister war gekommen, hat unseren bunten Discotresen bewundert und gelobt und fand, dass wir technisch doch schon ganz gut und vor allem so modern ausgestattet wären. Ich wäre ihm am liebsten gleich ins Wort gefallen. Aber ich musste mich noch etwas gedulden.

Von der Kreisleitung des Jugendverbandes war ein Funktionär gekommen. Er lobte die Initiative der Jugendlichen und beglückwünschte uns zu unserem neuen Jugendtreff. Nach dem offiziellen Teil kam er zu uns und klärte uns darüber auf, dass wir uns bei öffentlichen Veranstaltungen nicht einfach so hinter ein Pult stellen und Musik abspielen könnten – ohne Lizenz. „Ihr kennt doch sicher Roland aus Eurer Stadt. Der hat die B-Stufe. Wenn der hier auftritt, könnt ihr sogar Eintritt nehmen. Aber ohne Lizenz und dann vielleicht noch den ganzen Abend Westmusik abspielen, das geht nicht auf Dauer", belehrte er uns und riet, doch mal im Kreiskulturhaus anzufragen, wann der nächste Lehrgang für neue Schallplattenunterhalter starten würde.

Der Vortrag des Funktionärs hatte unsere anfangs gute Stimmung getrübt. Trotzdem suchten wir zusammen mit Claudia noch schnell das Gespräch mit dem Bürgermeister, der zuvor schon ein paar Mal nervös auf die Uhr gesehen hatte.

Wir erwischten ihn noch am Ausgang und klärten ihn darüber auf, dass das am Pult nur geliehene Technik sei. Damit erklärten wir dem Rathauschef auch, dass wir noch etwas Geld für die Anschaffung einer Anlage bräuchten.

Erst nach langem Zureden, bei dem unsere Clubchefin Claudia ihren weiblichen Charme versprühte, meinte er: „Gut, versucht mal so einen Kasten wie ihr jetzt dort habt, zu bekommen. Dann geht ins Rathaus und holt Euch in der Abteilung Finanzen einen Verrechnungscheck ab. Kauft nicht so teuer ein, aber was Ordentliches!", mahnte er noch. Wir hatten also grünes Licht für den Kauf eines eigenen Verstärkers. Das Gespräch hatte sich gelohnt. Als die offiziellen Gäste weg waren, wurde es gemütlich. Wir hatten diesmal noch nicht plakatiert und wollten erstmal in kleinem Rahmen anfangen.

Aber immerhin wurde auch fleißig nach der Musik unserer Tonbänder getanzt. Ob dabei vereinzelt auch Musiktitel abgespielt wurden, die aus DDR-Produktion stammten, weiß ich heute nicht mehr.

Aber ich bezweifle es, denn weder ich noch Udo hatten Ostschlager auf unseren Bändern und der damals oft zu Unrecht verpönte und heute dafür zu Recht auch mal gepriesene „Ostrock" steckte noch in seinen Kinderschuhen.

Ab und zu trauten wir uns sogar, eine Ansage zu machen. Unsere hochroten Köpfe, die wir dabei anfangs bekamen, konnten wir gut hinter dem Verstärker verstecken, denn wir blieben, wenn wir das Mikrofon in die Hand nahmen, einfach sitzen. So konnte man uns von hinten aus dem Publikum gar nicht sehen.

Um nicht gleich am ersten Abend Ärger zu bekommen, machten wir pünktlich Feierabend. Tanzveranstaltungen für die Jugend endeten zu DDR-Zeiten meistens schon um Mitternacht und nur in Ausnahmefällen wurden es ein oder zwei Stunden später.

Die wenigen Gäste des Abends äußerten sich immerhin zufrieden und versprachen wiederzukommen oder sogar aktiv im Jugendclub mitzumachen.

Wir freuten uns aber erst einmal darüber, dass der Regent 30 an diesem Abend vom Röhrentod verschont blieb.

2. Kapitel

Steter Tropfen höhlt den Stein

Mit unserem ersten Auftritt hinter dem Discopult hatten wir sprichwörtlich „Blut geleckt". Nun sollte es auch unbedingt weitergehen. Udo und ich beschlossen, auf jeden Fall weiterzumachen, wenigstens in unserem neuen Jugendtreff, dessen Existenz sich immer mehr herumsprach. Nachfragen, wann die nächste Disco in der Baracke steigen würde, häuften sich. Aber bevor wir bei neuen Terminen in Aktion treten konnten, waren erst einige Dinge zu klären. Claudia lehnte es weiterhin ab, „teure Diskotheker wie Roland" ins Haus zu holen, aber der konnte sein Versprechen, für kleine Gage aufzutreten, vorerst auch gar nicht umsetzen. Denn er war so gut wie jedes Wochenende auf Achse. Bis nach Sassnitz führten ihn seine Termine. Er lud mich sogar ein, künftig als zweiter Mann bei ihm mitzumachen, weil meine englische Aussprache besser sei als seine, so sein Argument. Auch war es bei den DJs damals durchaus üblich, zu zweit umher zu ziehen.

Auf- und Abbau der Anlage konnte man sich teilen und auch das Erlebnis auf der Bühne war ein anderes, wenn man es mit jemandem teilen konnte. Aber für mich war die Tingelei bis zu vier- oder fünf Mal die Woche vorerst noch eine Nummer zu groß und der Jugendtreff lag mir wirklich am Herzen. In erster Linie wollte ich, dass es dort voranging.

Ich hatte zwar Spaß gefunden daran, Leute zu unterhalten. Aber in meinem Alltag war ich immer noch Student im dritten Studienjahr, der sich auf eine Menge Prüfungen vorzubereiten hatte. Außerdem reihte sich nun ein Schulpraktikum ans andere. Da galt es, morgens fit zu sein, wenn man als angehender Lehrer vor Schülern einer dritten oder vierten Klasse stand. Das mit dem Unterrichten bekam ich noch ganz gut hin. Anderen etwas zu erklären, das lag mir. Schließlich hatte ich drei jüngere Geschwister. Aber zum Pauken der Theorie fehlte es mir an Ehrgeiz. Definitionen auswendig lernen und Wort für Wort wiederzugeben - so wurde es von uns Studenten in vielen Fächern verlangt - hat für mich mit Lernen nichts zu tun.

Wer eine Definition auswendig kann, so argumentierte ich schon damals, beweist damit noch nicht, dass er sie auch begriffen hat. So paukte ich nur das an Lernstoff aus Pädagogik, Psychologie, Philosophie und Methodik in mich hinein, was für mich auch logisch, nachvollziehbar und begreifbar war.

Den anderen Teil des Stoffes – und das war wohl der größere – ließ ich unbeachtet liegen, was mir in einzelnen Prüfungen auch mal zum Verhängnis wurde.

Nun aber galt es erst einmal andere Hausaufgaben zu erledigen. Ein eigener Verstärker für den Jugendtreff musste her, nach der Finanzierungszusage durch den Bürgermeister sollte das doch kein Problem sein. Schien es zunächst auch nicht. Denn unser Musikerfreund Matze, der sich nun öfter mal im Treff sehen ließ, weil er wohl Gefallen an einer unserer Mädchen vom Clubrat gefunden hatte, vermittelte uns den Kontakt zu einem ehemaligen Bandmitglied, das noch einen Regent 30 H in tadellosem Zustand zu verkaufen hatte.

Der ehemalige Gitarrist und Familienvater war von seiner Frau gedrängt worden, das Hobby aufzugeben.

Obwohl sich vielleicht auch jemand gefunden hätte, der 600 Mark oder mehr dafür gezahlt hätte, wollte der Mann nur 500 Mark dafür haben, möglichst in bar. Aber erst am Tag der Geldübergabe würde er den Kaufvertrag unterzeichnen und den Verstärker übergeben, lautete seine Bedingung.

Also machten Udo und ich uns am nächstfolgenden Wochentag auf ins Rathaus, um das Geld für den Verstärker von der Kasse abzuholen. Dachten wir!

Denn wir hatten die Bürokratie unterschätzt. Zwar hatte der Bürgermeister uns zugesagt, wir könnten uns einen Verrechnungsscheck in der Kasse abholen. Aber Bargeld?

Außerdem stellte sich die Frau von der Stadtkasse entweder unwissend oder die Zusage des Bürgermeisters war noch nicht zu ihr durchgedrungen. „Ick wees von nischt", hörte man der Angestellten ihre brandenburgische Herkunft an.

Sie bräuchte erst eine schriftliche Anweisung ihres Chefs, bevor sie uns auch nur einen Pfennig aushändigen dürfe, erklärte sie.

Ihren Chef aber bekamen wir an dem Tag nicht zu Gesicht. Er weilte in der Kreisstadt bei einer Tagung. Die Frage, ob es denn nicht einen Stellvertreter oder jemand anders im Hause gäbe, der die Anweisung erteilen könnte, beantwortete die Mitarbeiterin nicht. Sie sah uns nach dieser Frage aber an, als kämen wir vom Mond, während sie sichtlich gelangweilt ihre Fingernägel mit einer Nagelfeile bearbeitete.

Wir versuchten am nächsten Tag wieder, an den Bürgermeister heranzukommen. Keine Chance! Seine Sekretärin im Obergeschoss des Rathauses war auch nicht netter als die Kämmerin und auch nicht bereit, ihrem Chef auch nur irgendetwas von uns zu übermitteln. Auch sie feilte emsig an ihren Fingernägeln. Das muss wohl ansteckend gewesen sein.

In zwei Wochen könnten wir einen Termin beim „Genossen Bürgermeister" bekommen, bot sie noch schnippisch an. Doch wir lehnten ihr Angebot dankend ab. Udo hatte eine viel bessere Idee.

Von seiner Mutter, die in der Kantine der LPG am Ortsausgang arbeitete, wusste er, dass der Chef des Rathauses an den meisten

Wochentagen sein Mittagessen in der LPG-Kantine einnahm.

Wir brauchten ihn nur dort abzupassen. Aber das ging gemeinsam nur, wenn auch Udo über Mittag zu Hause war, also in den Ferien. Mitte Mai passte es dann. Die eine Woche der Frühjahrsferien hatten wir zur Verfügung.

Am Montag, dem ersten Tag, warteten wir ab 12 Uhr vor dem Speisesaal. Aber wir sahen den Bürgermeister weder kommen noch gehen. Aber schon am nächsten Tag trafen wir ihn an. Als er aus dem Saal kam und die breite Treppe hinunterging, sprachen wir ihn direkt an. Ich erzählte ihm, dass wir ein Verstärkergerät in Aussicht hätten zu kaufen, das Geld aber bar bräuchten und die Kasse dafür eine schriftliche Anweisung von ihm persönlich benötigte. „Wieviel braucht Ihr?" fragte er nach. „Was nur 500 Mark? Ist das Gerät auch in Ordnung?" wollte er noch wissen. Dann versprach er uns, das Geld für die Kasse freizugeben. Am nächsten Tag sollten wir uns in der Stadtkasse einfinden. Das taten wir auch.

Dafür schwänzte ich sogar eine Vorlesung in meinem Lieblingsfach Psychologie.

Aber wir wurden wieder enttäuscht. Die Dame an der Kasse hatte noch immer keine Unterschrift von ihrem Chef vorliegen und rückte deshalb auch kein Geld heraus. Im Haus sei der Genosse auch nicht, ließ sie uns noch wissen. Also machten wir uns wieder auf den Weg zur LPG-Kantine. Doch auch dort war der Bürgermeister nicht.

Am Donnerstag begaben wir uns wieder erst in die Kasse. Unfreundlich wies uns die Kämmerin sofort die Tür. Die Sekretärin war diesmal zwar etwas freundlicher zu uns, meinte aber, dass ihr Chef zu beschäftigt sei, uns zu empfangen. Wir lauerten ihm erneut an der Kantine auf. „Ich habe Euch nicht vergessen Jungs, aber bis jetzt war keine Zeit", redete er sich raus und versprach, es bis zum nächsten Tag zu regeln.

Die Kämmerin reagierte leicht genervt, als wir am Freitagmorgen erneut in ihrem Büro standen. Aber heißt es nicht „Steter Tropfen höhlt den Stein!"?

Die Mitarbeiterin legte sich plötzlich ein Formular auf ihrem Schreibtisch zurecht, fragte mich, wer der Empfänger des Geldes sei und für welchen Zweck die 800 Mark verwendet werden sollten. „800 Mark?" fragte ich vorsichtshalber nach. „Ja 800! Is dit nich genuch? Meen Chef hat jesacht, ick soll een Auszahlungsbeleech für 800 Mark fertich machen."

Ich protestierte nicht und gab ihr die Informationen, die sie haben wollte. Sie bat uns diesmal höflich, ihr zu folgen und schloss hinter uns drei das Büro zu.

Dann klapperte sie mit ihren Hackenschuhen über den Holzfußboden des Rathauses. Wir folgten der Kämmerin bis ins Büro des Bürgermeisters, wo sie der Sekretärin das Formular vorlegte. „Kannste ihn dit bitte kurzfristich unterzeichnen lassen. Sonst werde ick die hier", dabei zeigte sie auf uns, „nie nich mehr los!"

Drei Minuten später hatten wir die Unterschrift des Bürgermeisters und dessen persönliche Anerkennung.

Er war kurz ins Vorzimmer getreten und meinte zu uns: „Ihr seid hartnäckig und setzt

Euch für Euren Jugendtreff ein. Das gefällt mir! Weiter so Jungs!"

Wir murmelten ein überraschtes „Dankeschön" und folgten der Kämmerin in den Kassenraum. Dort mussten wir beide für den Erhalt des Geldes - es waren tatsächlich 800 Mark - quittieren. Dann wurden wir von der Kassenfrau noch darüber belehrt, dass wir die Nachweise für die Verwendung, also den Kaufvertrag und andere Quittungen innerhalb der nächsten 14 Tage bei ihr abzugeben hätten. „Sonst zahlt Ihr dit Jeld zurück!", warnte sie uns.

Noch am Abend desselben Tages stand der gerade erworbene und wenig gebrauchte Regent 30 H auf unserem Discotresen. Udos Vater hatte den Transport für uns organisiert. Auch Clubchefin Claudia freute sich über die Neuanschaffung und machte schon Pläne, wofür die restlichen 300 Mark verwendet werden könnten. „Gardinen, ein Schaukasten, ein Tisch für den Ausschank." „Nichts da!", protestierte ich.

„Als Verwendungszweck haben wir Diskoanlage eintragen lassen. Dann muss das auch dafür ausgegeben werden."

Claudia hatte nichts dagegen, als ich ihr vorrechnete, dass die drei Hunderter gerade mal für den Kauf eines kleinen Mischpultes und eines Mikrofons reichen würden. Diese Teile besorgte uns Roland dank seiner guten Beziehungen zum RFT-Laden in der Kreisstadt. Unsere eigene Clubanlage wuchs damit und ein Zweitgerät gab es auch schon zum Anschließen an das Mischpult. In einem An- und Verkauf-Laden in der Kreisstadt hatten wir noch einen gut erhaltenen aber preiswerten Plattenspieler für 30 Mark entdeckt. Das Mischpult war nichts anderes als ein kleiner flacher Kasten mit Schiebereglern zum Ein- und Ausblenden des jeweiligen Geräteausganges, das den „Sound" unserer Anlage durch ein eintöniges helles Rauschen noch ergänzte.

Das Mikrofon war ebenfalls kein großer Knüller, aber für unsere Zwecke reichte es vollkommen. Es handelte sich um das Vorgängermodell einer Baureihe, die später in der DDR in größeren Massen produziert wurde und vielfach zum Einsatz kam.

Musiker verpassten dieser neueren Ausführung dann liebevoll den Spitznamen „Schwarzwurzel".

Es lieferte nicht die allerbeste Klangqualität, deutlich sollte man schon reden oder singen, wenn man es benutzte. Aber es war preiswert. Außerdem durfte man es auch nicht unbedingt fallen lassen. Dann brachen die dünnen schwarzen Plastikteile, mit der das Mikrofon am Kopf umhüllt war, schnell weg.

Für uns war es aber in erster Linie wichtig, dass unsere Anlage – Udos Tonbandgerät eingeschlossen – nun komplett war.

3. Kapitel

Auftritte vorläufig genehmigt

Nachdem das Problem der technischen Ausstattung unseres Jugendtreffs gelöst war, wollten wir so schnell wie möglich wieder loslegen und Tanzveranstaltungen anbieten. Aber da hatten wir die Rechnung ohne Claudia gemacht, die als Chefin auf die Einhaltung geltender Regeln großen Wert legte. „Nichts gegen kleine Privatfeiern. Wenn wir unter uns sind. Dann könnt Ihr gern Musik machen. Aber für öffentlichen Jugendtanz braucht ihr beide eine Genehmigung. Das wisst Ihr sicher schon?".

Ich nickte und nahm wortlos von ihr den Zettel entgegen, auf dem Name und Telefonnummer des Mitarbeiters standen, der im Kreiskulturhaus für die allmählich wachsende Schar der Diskjockeys zuständig war.

Die nächste Telefonzelle, von der ich den Typen anrufen konnte, befand sich neben der Post, etwa 300 Meter vom Jugendtreff entfernt. Bevor ich es mir anders überlegen konnte, trabte ich los.

Udo hatte keine Zeit, er musste nach Hause, sich für eine Klausur vorbereiten. Ich erreichte den zuständigen Mitarbeiter Markus Schneider*[3] in der Kreisstadt an seinem Arbeitsplatz und fragte ihn gleich nach dem Lehrgang. „Wann fangt Ihr mit dem nächsten Diskjockeykurs an? Kann ich zwei Leute von uns telefonisch anmelden und kann man erstmal sowas wie eine vorläufige Lizenz bekommen, bis die Prüfung überstanden ist?".

Er antwortete schroff: „Nee, mein Herr, so geht das nicht. Am Telefon schon mal gar nicht. Einen Lehrgang gibt es frühestens im September. Wenn Ihr da mitmachen wollt, müsst Ihr schon persönlich vorbeikommen und Euch anmelden. Und das so bald wie möglich, denn die Liste ist schon lang. Zwei Passbilder sind gleich mitzubringen. Und eine vorläufige Lizenz bis zur Prüfung – wie soll das gehen? Ich weiß doch gar nicht, ob Du den Kurs bis zum Ende mitmachst und die Prüfung überhaupt bestehst. In Stralsund sind beim letzten Mal sechs Leute durchgefallen, alle so schlau wie Du", berichtete der Mitarbeiter.

Dann gab er mir noch eine Warnung mit auf den Weg: „Wenn wir mitkriegen, dass jemand aus dem Kurs, oder jemand, der sich dafür interessiert, schwarz, also ohne Lizenz auf Mugge geht, dann gibt das Ärger. Derjenige kann sich seine Pappe gleich abschminken".

Danach setzte er fort: „Eines solltest Du Dir noch merken: Wir sind hier nicht in Amerika. Bei uns heißt das nicht Diskjockey, sondern Schallplattenunterhalter oder allenfalls Diskotheker. Klar?".

Klar! Ich hatte schon jetzt die Nase voll. Die Information, die ich zur nächsten Krisensitzung in den Club mitbrachte, lautete, dass vor Jahresende niemand von uns eine Lizenz zum Musikabspielen haben würde. Wenn Udo und ich uns nicht bald anmelden würden, wären wir nicht einmal im nächsten Kurs dabei. Unsere Karriere als DJ, bzw. als „Schallplattenunterhalter" schien zu enden, bevor sie richtig losging.

Udo meinte zwar, davon gehört zu haben, dass im Kreiskulturhaus vorher wohl doch schon vorläufige Genehmigungen ausgestellt worden waren. Aber ob dies nur für Livemusiker zutraf, die sonst ebenfalls regelmäßig zu Einstufungen antreten mussten, wusste er nicht genau. Sein Halbwissen half uns in unserer Situation sowieso nicht weiter.

Als wir uns einige Tage später zu zweit auf den Weg in die Kreisstadt machten, war unsere Euphorie schon verflogen.

Es ging uns auch nur noch darum, die Chance, wenigstens im Herbst den nächsten Lehrgang bestreiten zu können, zu wahren.

Dafür aber fuhren wir schwere Geschütze auf. Um die Wichtigkeit unserer Bewerbung für den Kurs zu unterstreichen, ließ ich uns von Claudia ein Schreiben anfertigen, mit dem sie uns quasi als Chefin des Jugendtreffs der FDJ-Ortsgruppe zum Lehrgang „delegierte"! Aus dem Rathaus holte ich für unsere Delegierung dann noch eine „Empfehlung" des „Genossen Bürgermeisters" mit Stempel und Unterschrift ab. So viel hatte ich in den sieben Jahren nach unserem Umzug als Familie von der BRD in die DDR *⁴ schon gelernt: Die staatlichen Instanzen waren am besten mit den eigenen Waffen des Systems zu schlagen.

Jedoch nach dem Telefonat mit Markus Schneider war ich dennoch skeptisch, ob unsere Anmeldung für den Lehrgang überhaupt noch klappen würde.

Im Kulturhaus der Inselkreisstadt war über dem großen Veranstaltungssaal und der Konsum-Gaststätte im Erdgeschoss auf der oberen Etage das „Kreiskabinett für Kulturarbeit" mit mehreren Büros untergebracht. Auf der Insel wurde aber meistens nur vom Kreiskulturhaus gesprochen.

Wir rannten durchs Haus in der Etage mit den Büros und suchten das Zimmer von Markus Schneider. Als wir es fanden, war es verschlossen. Ein Zettel an der Tür verriet uns, dass der „Kollege leider erkrankt sei und Besucher sich in dringenden Fällen an das Sekretariat der Leiterin wenden" sollten.

Waren wir ein dringender Fall? Selbstverständlich waren wir das! Also klopfte ich zaghaft an die Tür des Sekretariats. Nach einer Weile wurde sie von innen geöffnet. Vor uns stand eine ältere Frau, die einen Kopf kleiner war als ich. Sie stellte sich als Leiterin des Kreiskabinetts für Kulturarbeit und des Kulturhauses vor.

„Die Sekretärin ist auf Hochzeitsreise", schien sie das späte Öffnen der Tür entschuldigen zu wollen.

„Womit kann ich Euch helfen?", duzte sie uns gleich. Anfangs noch schüchtern, dann aber etwas lockerer werdend, erzählte ich der Frau von unserer Absicht, den nächsten Lehrgang für Schallplattenunterhalter zu besuchen. Udo sagte kaum etwas, nickte aber ab und zu, als ich von unserem Jugendtreff berichtete und den Bemühungen, dort selbst etwas auf die Beine zu stellen.

Dann legte ich unsere zwei Empfehlungsschreiben von FDJ-Ortsvorstand und Bürgermeister vor. Die Kulturhauschefin sah nur kurz drauf und sagte dann: „Da haben sich wohl schon eine ganze Menge Leute beworben für den Lehrgang. Deshalb haben wir vor einer Woche beschlossen, nicht bis September zu warten. Wir bieten in vier Wochen, also Ende Juni noch Restplätze in einem anderen Kurs mit an. Ich finde, da solltet Ihr dann gleich mitmachen", schlug sie vor. Wir konnten es kaum glauben. Es sollte jetzt doch schon losgehen? Sie bat uns, einen Moment zu warten und verließ ihr Büro.

Ein paar Minuten später kam sie mit zwei Ordnern unterm Arm aus Schneiders Zimmer zurück und schüttelte den Kopf. „Nein, das geht doch nicht", revidierte sie sich. „Denn der Lehrgang im Juni findet in Stralsund statt und wir können von uns nur vier Teilnehmer hinschicken. Das ist für Euch zu umständlich mit der Fahrerei. Wie ich sehe, hat mein Kollege außerdem schon die vier Bewerber auf die Liste gesetzt, die den kürzesten Weg nach Stralsund haben. Das ist auch richtig so. Dann setze ich Euch auf die Liste für den Septemberkurs."

Sie schrieb unsere Namen von der Delegierung ab und trug sie in die Liste ein, ergänzte die Eintragung dann noch durch Angaben wie Anschrift und Geburtsdatum. Dann reichte sie uns beiden ein Blatt mit den Kursterminen. Das war besser als nichts, immerhin!

Ich wollte mich schon dankend erheben, als sie sagte: „Das mit dem Lehrgang hätten wir dann geklärt. Für die Zeit bis zum Jahresende stelle ich Euch beiden eine vorläufige Auftrittsgenehmigung aus. Sonst kommt Ihr mit Eurem Jugendtreff ja nicht weiter", meinte sie und fuhr fort:

„Aber dann müsst Ihr mir versprechen, mich im Kurs nicht zu enttäuschen und die Prüfung mit Anstand zu bestehen." Wir konnten gar nichts versprechen, sondern nur nicken. Denn wir waren beide sprachlos.

Bis zur Ausfertigung unserer vorläufigen Genehmigung sollten wir uns etwas gedulden. Da sie allein im Büro sei, bräuchte sie etwas Zeit. In einer Stunde könnten wir wiederkommen, meinte die Frau.

Dankbar verließen wir das Büro der Kulturhauschefin und flanierten ein wenig durch die Kreisstadt.

Unser neues Glück konnten wir so recht noch nicht fassen. Im kombinierten RFT- und Schallplattenladen sahen wir uns etwas um, kauften aber noch nichts ein. Aber wir sahen uns schon mal ein paar Schallplatten im Laden an. Einige davon würden wir später vielleicht sogar kaufen, nahmen wir uns vor.

Nach einer knappen Stunde standen wir wieder im Büro der Leiterin des Kreiskulturhauses. Dort überreichte uns die Chefin jedem ein Din A-4-Blatt, das für uns aber ein außerordentlich wichtiges Dokumentes war.

Unter der fettgedruckten Überschrift „Vorläufige Auftrittsgenehmigung als Amateur-Schallplattenunterhalter" stand im Text, dass wir auf dem Gebiet des Kreises als „S.P.U." bei angemeldeten Veranstaltungen unter Einhaltung der gesetzlichen Bestimmungen der DDR tätig sein durften. Auch das Finanzielle war klar geregelt.

Für den Arbeitsaufwand durfte jeder von uns ein Honorar pro Veranstaltung von höchstens 15 Mark in Rechnung stellen. Für den Einsatz eigener Tontechnik durften insgesamt 25 Mark und für eigene Tonträger bis zu 15 Mark Nutzungsentgelt berechnet werden. Die Fahrkosten seien nach den üblichen Sätzen abzurechnen, war noch vermerkt. Von Steuerpflicht oder anderen Abgaben stand dort nichts. In der Genehmigung, die auch mit einem Stempel versehen war, stand außerdem nichts davon, dass die Ausübung der Tätigkeit an unseren Jugendtreff gebunden war.

Das war aus unserem Blickwinkel damals so etwas wie der Jackpot, zumindest wenn man bedenkt, mit welchen geringen Erwartungen wir in die Kreisstadt gereist waren.

Auch mit ihrer nächsten Frage an uns, verblüffte uns die Kulturhausleiterin: „Wenn Ihr Euch dann erstmal etwas eingearbeitet habt, hättet Ihr dann auch mal Lust, bei uns Disco zu machen, im Kreiskulturhaus? Schließlich müssen wir auch als Veranstalter die jungen Talente fördern."

Aus lauter Dankbarkeit sagten wir auch gleich „Ja!". Mit den besten Wünschen für unseren Erfolg entließ sie uns. Hoch zufrieden traten wir unsere Heimreise an.

Udo musste vom Bahnhof gleich nach Hause. Ich ging noch zum Club, um die gute Nachricht zu überbringen. Aber da war niemand. Dann musste die Weitergabe der frohen Botschaft eben noch einen Tag warten. Ich begab mich ins Deutsche Haus, um meinen Karrierestart als DJ zu feiern. Das musste ich nicht allein, denn ich traf dort auf Matze und Roland. Wir kippten ein paar Bier hinunter, ich war gut aufgelegt, verriet meinen Grund dafür aber nicht.

Roland deutete erneut an, dass er mich gern als zweiten Mann dabeihätte. 25 Mark pro Disco wollte er mir zahlen, doch ich lehnte dankend ab.

Ich wollte die Truppe vom Jugendtreff nicht im Stich lassen – jetzt schon gar nicht als ausgewiesener Schallplattenunterhalter mit vorläufiger Genehmigung.

Außerdem hatten Udo und ich uns längst darauf geeinigt, dass wir uns unsere gemeinsame Gage von maximal 70 Mark je zur Hälfte teilen würden. Aber in erster Linie kam es uns gar nicht mal auf die Gage an. Wenn in der Spielerlaubnis gestanden hätte, dass wir vor bestandener Prüfung kein Geld kassieren dürften, hätten wir trotzdem weitergemacht. Dass ein Hobby die Möglichkeit eröffnete, das Taschengeld aufzubessern, war bemerkenswert und praktisch. Aber im Vordergrund stand es schon damals für mich nicht.

4. Kapitel

Hits von heißen Scheiben

Im Kreis des Jugendclubs wurde unser Erfolg bei der Anmeldung im Kreiskulturhaus mit Erleichterung aufgenommen. Allerdings nahm uns Claudia gleich den Wind aus den Segeln, als wir ihr vorrechneten, 70 Mark pro Veranstaltung abrechnen zu können. „Verstärker, Plattenspieler und Mikrofon gehören dem Club. Dafür kann ich Euch doch kein volles Technikgeld zahlen", hielt sie dagegen.

Bei einem Eintrittspreis von 99 Pfennig, den der Clubrat längst festgelegt hatte, war ohnehin fraglich, ob genug Geld für eine Gage reinkäme.

Der Aufschlag, den wir im Jugendclub beim Verkauf der Getränke von den Gästen nahmen, war ebenfalls nur gering und ging in die Clubkasse. Am Ende einigten wir uns auf 20 Mark für jeden, aber nur für den Fall, wenn die Eintrittseinnahmen dafür ausreichten. Aber das war uns erst einmal egal. Wir wollten jetzt zeigen, dass wir etwas draufhatten.

Udo besorgte für mich von einem Kumpel ein älteres Tesla-Tonbandgerät aus der B-Reihe, mit dem ich erstmal arbeiten konnte. Außerdem machten wir uns vor allem Gedanken, wie wir unser Repertoire ständig auffrischen konnten.

Auf der Insel gab es nämlich für Musikfans wie uns ein Riesenproblem: Der Radioempfang im UKW-Bereich war auf wenige Sender begrenzt. So war es kaum möglich, aktuelle Hits, die im Westen gerade erst auf den Markt gekommen waren, von Westsendern auf Band aufzunehmen, es sei denn, man beherrschte die dänische Sprache.

Denn dänische Sender waren ganz gut auf UKW zu empfangen, allerdings war das Musikangebot dort auch nicht überragend. Unsere nördlichen Nachbarn bei den Sendern plapperten unentwegt.

Also wartete man geduldig, bis die neuen Hits irgendwann auch von DDR-Sendern gespielt wurden, was ohnehin nur in geringem Umfang geschah oder man organisierte sich Schallplatten aus dem Westen. Doch auch solche Quellen standen nur selten zur Verfügung.

Witzigerweise stammte die erste Platte mit einem westlichen Hit, die ich besaß, aus der Sowjetunion (SU). Eine Kommilitonin hatte sie von einer SU-Reise mitgebracht und mir geschenkt. Dabei handelte es sich um eine Single und der Titel hieß „день рождения" (Djen Roschdenija). Es war der Welthit „Birthday" von den Beatles. Die Single kam immer dann zum Einsatz, wenn ein Gast Geburtstag und ein guter Freund uns dies verraten hatte.

Solange das Publikum selbst aus der Region stammte, war es auch halb so tragisch, nicht die allerneuesten Titel aus den westlichen Charts dabeizuhaben. Sie waren nichts Anderes gewohnt. Aber wenn man die Mädels, die bei uns im Internat wohnten und aus dem westlichen Teil des Bezirkes Rostock kamen, beeindrucken wollte, musste man schon ein aktuelles Repertoire vorweisen. Das Gleiche traf in der Saison für Gäste aus dem Berliner Raum zu. Die hatten manchmal Musiktitel auf dem Wunschzettel stehen, die kannten wir selbst noch gar nicht.

Udo hätte sich deshalb zu Hause am liebsten eine starke UKW-Antenne mit Empfangsverstärker einrichten lassen.

Über solch eine starke Empfangsanlage verfügte auch Roland. Aber das Vorhaben scheiterte am Geld und am Veto von Udos Eltern.

Umso wertvoller war deshalb für uns die Unterstützung, die wir ab und zu von Burkhard, einem Schulfreund und Nachbarn von Udo, erhielten. Denn er besaß das in Hülle und Fülle, was wir sehr gut gebrauchen konnten: Lauter LP's mit Hits, die man in westlichen Radiosendern – wenn man sie denn hätte empfangen können – täglich rauf und runter spielte. Die Platten hatten meistens bunte Cover und trugen Namen wie „Smash-Hits", „Super-Hits", „Schlager-Karussell", „Dynamite" oder „Hit-Power".

An diese Platten kam Burkhard durch seinen Vater. Der leitete einen kleinen Staatsbetrieb auf der Insel, mit dem Millionen an Devisen verdient wurden. Dienstlich reiste er deshalb mehrmals im Jahr, ohne dass man ihm Probleme bereitete, zu Vertragsgesprächen ins westliche Ausland. Von da brachte er jedes Mal Schallplatten mit. Es waren meistens typische Sampler, von denen man viele der Lieder wirklich gut gebrauchen konnte.

Wir nahmen gern alle auf! Das heißt, wir probierten sie zunächst bei einer Clubfete aus. Burkhard stellte sich als dritter Mann mit hinter unser Pult und legte seine Westplatten auf. Die Lieder, die er abspielte, kamen schon deshalb gut an, weil sie besser klangen als unsere mitunter etwas dumpf geratenen Tonbandaufnahmen. Außerdem waren viele Gassenhauer darunter, ältere Hits ebenso wie brandneue.

Doch das Auflegen der Westplatten barg mit zunehmendem Verlauf der Party auch Gefahren in sich. Abgesehen davon, dass es gegen alle Spielregeln eines vom sozialistischen Jugendverband geführten Clubs war, Westplatten öffentlich abzuspielen, war der Schaden, den die Platten nehmen konnten, umso schlimmer.

Unser tanzfreudiges Publikum stampfte munter mit den Füßen und brachte die nur mit dünnem Linoleum bedeckten Holzdielen der Jugendclubbaracke regelrecht zum Beben. Die Schwingungen übertrugen sich auf unser Discopult und der einfache Plattenspieler, den wir im Second-Hand-Shop gekauft hatten, war technisch nicht in der Lage, die Schwingungen auszugleichen.

Also hüpften Platte und Nadel munter im Takt mit, wodurch die Musik abgehackt aus den Lautsprechern dröhnte. Um nicht noch mehr Kratzer auf den Platten zu riskieren, riet ich Burkhard, seine kostbaren Scheiben doch lieber einzupacken.

Das Publikum protestierte zwar nicht laut, als es nur noch mit Musik vom Band weiterging. Aber die Tanzfläche war dann längst nicht mehr so gut gefüllt.

In den Genuss der Musik von Burkhards heißen Scheiben kamen wir und unser Publikum dann aber doch noch. Wir durften einen großen Teil seiner Platten auf Band überspielen. Die Qualität dieser Aufnahmen war vorzüglich. Deshalb legten wir die Bänder gleich zweifach an, einmal für Udo und einmal für mich, so dass jeder von uns profitieren konnte.

Von einer dieser gemischten Platten nahm ich das erste Mal einen Song auf, der von vier jungen Schweden stammte. Unter dem Titel „Ring" standen einfach nur vier einzelne Namen und noch keine Bandbezeichnung. Sie hießen: Benny, Björn, Agnetha und Frieda.

Ein paar Wochen später gewann die schwedische Band dann im englischen Seebad Brighton mit ihrem neuen Hit „Waterloo" den Grand Prix und wurde unter ihrem Namen „ABBA" weltberühmt.

„Waterloo" wurde sogar in DDR-Sendern relativ früh präsentiert und ließ sich in bester Qualität auch auf der Insel vom Radio auf Band kopieren. Es musste nur der richtige Moment abgepasst werden. Das war schon schwierig genug. Wer wollte schon den ganzen Tag vor dem Radio lauern und sich alles anhören, auf Verdacht, ein paar brauchbare Lieder zu erwischen?

Erst Jahre später wurde das Angebot zum Mitschneiden von Musik auch von DDR-Sendern besser. Eigentlich war es auch nicht mal gestattet, einfach wahllos aufzunehmen, um es dann öffentlich aufzuführen.

Für die rasant wachsende Discoszene waren nur bestimmte Sendungen zum Mitschnitt vorgesehen. Daran hielten sich die wenigstens, so war es bei den Treffs unter Diskothekern immer wieder zu erfahren. Schließlich musste die Musik irgendwo herkommen.

Das Repertoire, das von Jugendsendern wie DT64 und Co zur Verfügung gestellt wurde, war leider nicht immer das, wonach das Publikum gern tanzen wollte.

Somit bewegten auch wir uns vom Beginn unserer Karriere als Schallplattenunterhalter immer in der Zwickmühle zwischen dem, was staatlich offiziell erlaubt war und dem, was die Leute im Saal wirklich hören wollten.

Aber um die strengen Vorgaben scherten wir uns erst einmal gar nicht. Uns war es in erster Linie wichtig, dass die Leute, die in unsere Disco zum Tanzen kamen, ihren Spaß hatten. Das sah auch unsere Clubchefin nicht anders und so versuchte sie gar nicht erst, uns in Fragen der Musikauswahl groß reinzureden. Sie legte uns aber ans Herz, auf keinen Fall Titel zu spielen, die vielleicht auf dem Index stehen könnten.

Dass gelegentlich auch mal ein Ostprodukt den Weg durch unsere Lautsprecher fand, gefiel nicht nur ihr. Einige kamen sogar beim Publikum an.

Lieder wie „Sagen meine Tanten" von der DDR-Band Scirocco oder „Liebeslied" von der Klaus-Renft-Combo, die jedoch ein paar

Jahre später offiziell verboten wurde, füllten in unserem Jugendtreff sogar die Tanzfläche.

Ergänzt wurde unser Repertoire dann auch durch einen besonderen Service, den der RFT- und Plattenladen in der Kreisstadt in Abstimmung mit dem Kreiskabinett für Kulturarbeit einrichtete. Für Diskotheker, die namentlich auf einer Liste standen, die vom Kreiskabinett vorgelegt worden war, wurden neu erschienene Schallplatten - wenn es genug davon gab - für eine Woche im Laden zurückgelegt. Dadurch blieb uns das Einreihen in die Warteschlange vor dem Laden erspart, wenn mal Platten besonders begehrter Interpreten eingetroffen waren.

So kamen wir auch in den Genuss von Platten mit westlichen Interpreten oder von DDR-Musikern nachgespielten Westhits. Dass auch ich als Inhaber einer vorläufigen Spielerlaubnis mit auf der Liste stand, erfuhr ich durch den RFT-Insider Roland. Er hatte einen Blick drauf geworfen und mir Bescheid gesagt.

Der Vorzug, neue Platten zurückgelegt zu bekommen, wurde nicht flächendeckend in der DDR allen Diskothekern angeboten, soviel ich in Gesprächen mit Kollegen aus anderen Kreisen und Bezirken erfuhr.

Aber dort, wo Kulturämter und Plattenläden miteinander gut kooperierten, gab es diese Listen. Die sorgten allerdings bei mir für ein anderes Problem. Manchmal lagen so viele Platten zur Mitnahme bereit, dass das Geld nicht reichte. Wenn man allerdings ständig nur die Lizenzplatten mitnahm und die Scheiben mit den Osttiteln liegen ließ, konnte es passieren, dass man wieder von der Liste gestrichen wurde.

Aber kaum jemand brauchte alle Ostschlager wirklich für seine Disco. Um aber den Service weiter genießen zu können, kaufte ich trotzdem so viele der zurückgelegten Scheiben wie möglich und setzte dann diejenigen, auf die ich selbst keinen Wert legte, spätestens bei der nächsten Mugge im Kreiskulturhaus als Preise wieder ein.

Es war damals durchaus üblich, die Veranstaltung mit Quizrunden oder anderen Spielen aufzulockern.

Nach Absprache mit den Veranstaltern konnten die Preise für Spieleinlagen, sofern dafür eine ordentliche Quittung vorlag, meistens mit auf die Rechnung gesetzt werden. So wurde man die Ostplatten dann wieder los.

Auf diese Weise fütterte ich später auch meine „Tipp-Parade" mit Preisen, für die ich extra Tippzettel entwarf und mit Blaupapier auf Zeichenpapier kopierte. Computer, Drucker oder Laserkopierer gab es im damaligen Alltag leider noch nicht.

Jeder Tippschein wurde per Hand mit einer Nummer und einem Abrissbon versehen, auf dem dieselbe Nummer stand. Dann stellte ich unter den Startzeichen A, B, C, D und E, die auf dem Tippschein untereinander gereiht waren, fünf Titel vor.

Auf ihren Tippzetteln kreuzten die Gäste ihre Platzierung an, für die sie fünf mit den Ziffern 1 bis 5 bezeichnete Spalten zur Verfügung hatten. Ausgefüllte Tippscheine wurden eingesammelt, der Bon blieb bei den Gästen. Nach der Auswertung wurde die somit vom Publikum gewählte Platzierung bekanntgegeben und der Siegertitel noch einmal abgespielt.

Aus dem Pool aller abgegebenen Tippscheine wurden die Gewinner des dritten und zweiten Preises gezogen.

Aus dem Stapel der für den Siegertitel angekreuzten Scheine zog die Glücksfee den Gewinner des ersten Preises.

Meistens bekam dann die Glücksfee, die mir bei der Auswertung half, auch noch einen Preis von mir. Die Auswahl der Helferin zu Beginn der Veranstaltung war ohnehin eine Aufgabe, der ich mich mit viel Einsatz widmete, oft auch nicht ohne persönliches Kalkül.

Die kleine Hitparade, die auch dazu gut geeignet war, Titel aus dem geforderten Anteil an Ostmusik vorzustellen, erfreute sich sogar einer wachsenden Beliebtheit. Je öfter ich oder wir an einem Veranstaltungsort die Tipprunde anboten, desto höher stieg die Zahl der Teilnehmer.

Im Kreiskulturhaus hatten wir das Publikum dann eines Tages so weit, dass alle 200 vorbereiteten Tippscheine verteilt waren und alle 200 dann auch mitmachten.

Da erwies sich dann auch wieder, wie gut DDR-Bürger improvisieren konnten. Wer keinen Stift zum Ankreuzen zur Hand hatte, machte an der entsprechenden Stelle für die Platzierung auf dem Tippschein einfach ein kleines Loch, notfalls auch mit der glühenden Zigarette. In Diskotheken war das Rauchen damals noch erlaubt.

An dem Abend mit den 200 Teilnehmern verschenkte ich, bzw. das Kreiskulturhaus, fünf Schallplatten als Preise. Aber wenn ich bei anderen Terminen mal keine Scheiben abzugeben hatte, waren Freigetränke als Preise für die Tipprunde ebenso willkommen.

4. Kapitel

Knisterfreies Westradio

Als die Sommerferien begannen, war kaum etwas los im Club. Die Studentinnen aus unserem Internat waren nicht da und die Leute aus dem Ort zog es zum Arbeiten in Orte an der Ostsee wie Binz oder Sellin. Ich verbrachte ein paar Wochen meiner Ferien bei meinen Eltern, die ganz in Ostseenähe, nur 30 Kilometer westlich von Rostock, wohnten. Natürlich nahm ich ein Bandgerät mit und besorgte mir vorher noch ein paar neue ORWO-Bänder.[*5]

Die Gelegenheit, regelmäßig die Internationale Hitparade mit Wolf-Dieter Stubel oder die Peter-Urban-Show vom Norddeutschen Rundfunk (NDR) mitzuschneiden, wollte ich mir nicht entgehen lassen. Ich wusste: Hier gab es keine Probleme mit dem UKW-Empfang.

Auf Rügen hatte ich immer damit angegeben, dass bei mir zu Hause, knapp 130 Kilometer von der Westgrenze entfernt, ein nasser Finger, den man in die Höhe reckt, reichen würde, um knisterfrei Westradio hören zu können. So verbrachte ich viel Zeit meiner Semesterferien vor dem Radio und füllte meine Bänder mit neuer Musik auf.

Dabei hatte ich einmal aber auch Riesenpech. Als das Band bei einem tollen Hit gerade auf Aufnahme lief, verließ ich kurz das Zimmer, um mir etwas zum Trinken zu holen. Als ich gut fünf Minuten später zurückkam, sah ich das Dilemma. Die linke Spule auf dem alten Tesla-Gerät drehte sich nicht mehr. Auf dem rechten Bandteller drehte die Spule mit einem Stück des Bandes, von dem das abgerissene Ende herauslugte, munter ihre Runden.

Der andere Teil hatte sich in dem kleinen Gehäuse, in dem sich der Tonkopf und eine dünne Transportspule befanden, knitternd hineingequetscht. Das war ein typischer Bandsalat, der bei Bändern, die ich verwendete, eigentlich selten vorkam.

Das roch nach Arbeit. Erst einmal galt es, das völlig unbrauchbar gewordene verwickelte Band zu entfernen und am anderen Ende nahe der Spule abzuschneiden. Da kamen schon ein paar Meter an Ausschuss zusammen.

Bei dieser Gelegenheit wollte ich gleich noch den Tonkopf des Gerätes reinigen, das ging am besten mit hochprozentigem Alkohol.

Den stärksten Schnaps, den mein Vater zu Hause vorrätig hatte, war Nordhäuser Doppelkorn mit 38 Prozent Alkoholgehalt. Das war besser als gar nichts.

Ich goss ein Schnapsglas voll und trank erstmal selbst einen auf den Schreck. Dann füllte ich das Glas erneut und nahm zum Putzen des mit braunem Abrieb verunreinigten Tonkopfes ein sauberes Taschentuch zur Hilfe. Nach der Reinigungsaktion klebte ich das Band mit einem Spezialkleber zusammen und ließ die Klebestelle trocknen, bevor ich das Band etwas weiterspulte.

Zwar waren mir mit dieser Aktion zwei gängige Titel verlorengegangen. Aber zum Glück würden diese Titel in der Nacht garantiert nochmal wiederholt. Dann galt es eben eine Nachtschicht einzulegen. Insgesamt hatte sich dieser Heimaufenthalt aber auf jeden Fall gelohnt. Ich war musikalisch betrachtet wieder ganz aktuell. Dazugelernt hatte ich inzwischen auch.

Während deutsche Schlager anfangs bei uns angehenden Diskjockeys noch völlig verpönt waren, nahm ich nun doch Titel aus den Schlagercharts auf.

Darunter waren auch etliche Lieder, bei denen es sich um bekannte englische Melodien mit deutschen Texten handelte. Der Vorteil solcher Lieder gegenüber den Originalen war: Dazu konnte jeder im Publikum mitgrölen.

Für stimmungsvolle Partys sind solche Lieder unverzichtbar, hatte ich inzwischen begriffen. So widmete ich mich bei meinen Aufnahmesitzungen daheim nicht nur dem internationalen Liedgut sondern verfolgte auch mit großem Interesse die Hitparade im ZDF und nahm Schlagersendungen vom Radio auf.

5. Kapitel

Nichts läuft wie geplant

Gut zwei Wochen vor dem Semesterstart reiste ich wieder auf die Insel. Denn ich hatte eine Idee, die ich gern umsetzen wollte. Ich schlug den Leuten im Jugendclub vor, die neuen Studenten des ersten Studienjahres und natürlich alle anderen mit einer großen Party zu begrüßen.

Die sollte dann nicht im Jugendtreff, sondern möglichst in einem großen Saal, entweder im Deutschen Haus, das inzwischen in „Hotel am Markt" umbenannt worden war oder im Kultursaal der LPG stattfinden.

Die Resonanz auf meine Idee war geteilt. Udo war das mit dem Saal eine Nummer zu groß, auch befürchtete er – und das auch nicht zu Unrecht – dass wir mit unseren 30 Watt in einem vollen Saal kaum durchdringen würden. Claudia und die anderen fanden die Idee gut. Nach der Sommerflaute, so hofften sie, wäre dann endlich mal wieder etwas los.

Elena, eine junge Frau, die ich im Club das erste Mal sah und die mir sofort gefiel, bot sogar an, Plakate zu drucken.

Sie arbeitete in der Druckerei, die sich mitten im Ort befand. Nur um die Druckgenehmigung, ohne die zu DDR-Zeiten keine Druckerzeugnisse hergestellt werden durften, musste sich jemand kümmern.

Die Dinge nahmen ihren Lauf. Getränke wurden in größerer Menge bestellt, Eintrittskarten gestempelt und Plakate geklebt. Vor allem im Internat des Institutes rührte ich kräftig die Werbetrommel, als die Studenten am Wochenende vor dem Semesterstart anreisten. Darunter waren viele bekannte Gesichter aus meinem, inzwischen vierten Jahrgang sowie dem nun zweiten und dritten Studienjahr.

Viele und vor allem hübsche Gesichter des neuen ersten Studienjahres kamen dazu. Etwa 60 Mädchen, die alle gerade den Abschluss der zehnten Klasse hinter sich hatten, begannen nun ihre Fachschulausbildung am Institut. Drei Jungen waren auch noch dabei. Dass es für alle nur noch ein Jahr an dieser Einrichtung sein würde, zeichnete sich damals schon ab.

Es war längst kein Geheimnis mehr, dass das Institut ein Jahr später nach Rostock verlegt werden würde. Mein Jahrgang war der letzte Abschlussjahrgang des Lehrerinstitutes auf der Insel. Aber das Thema spielte zu Beginn des Studienjahres 1974/75 noch keine Rolle.

Jetzt war erstmal eine Party angesagt, um die Neuen zünftig zu begrüßen. Wir hatten tatsächlich den großen Kultursaal der LPG als Veranstaltungsraum bekommen und uns damit abgefunden, dass wir mit unserer Technik auskommen mussten.

Stattfinden sollte die Große Fete am Sonntag, zum einen, weil die Neuen am Samstag gemeinsam mit ihren Eltern eine offizielle Immatrikulationsfeier hatten, aber auch, weil wir wussten, dass viele Mitstreiter aus den älteren Jahrgängen erst im Laufe des Sonntags anreisen würden.

Die Jugend aus der Umgebung hatte zudem am Samstag mehrere Discopartys in der Region zur Auswahl. Da wäre zusätzliche Konkurrenz die pure Dummheit gewesen.

Doch dann geriet unsere Fete unerwartet in Gefahr. Den ersten Schock bekam ich, als ich am Sonnabendnachmittag im Club eintraf, wo ich die Technik für den Abtransport ins Kulturhaus vorbereiten wollte. In unserem schönen Jugendtreff sah es fürchterlich aus, als hätte dort eine wilde Horde gehaust.

Dass überall Stühle, Flaschen und Gläser umherlagen, war schon ein ungewohnter Anblick. Aber als ich an unseren Discotresen trat, fuhr mir der Schreck in die Glieder. Auf dem Tisch lagen und standen Bier- und Schnapsflaschen, am Plattenspieler hing der Arm lose daneben.

Am Gehäuse des Regent-Verstärkers klebte es überall. Dem Mischpult fehlten zwei Regler. Von den Diodenkabeln, die wir zum Verbinden der Geräte mit dem Mischpult benötigten und die wir sonst unter dem Tisch lagerten, war kein einziges aufzufinden.

Ich fluchte laut und fragte mich, wer das nur angerichtet haben konnte. Dass auch Udo die Baracke inzwischen ebenfalls betreten hatte, war mir vor lauter Aufregung erst entgangen. „Solch eine große Sauerei. Das ist ein Skandal!", schimpfte auch er.

Aber er wusste schon, wer den Club so verwüstet hatte, denn er war am Vormittag schon einmal mit Claudia im Treff gewesen, um seine Sachen abzuholen.

„Schuld ist Claudia. Sie hatte ihrem Cousin erlaubt, den Clubraum für eine private Fete zu nutzen. Seine Kumpels sind dann irgendwann durchgedreht und haben das alles so zugerichtet", wusste Udo zu berichten. Für ihn war das Ganze sogar noch etwas schlimmer. Denn der Cousin der Clubchefin hatte ihn überredet, für die Party aufzulegen. Dort haben sie ihn, der ohnehin nicht viel vertrug, mit Alkohol abgefüllt.

Mich hätten sie damals nicht so leicht niedergestreckt. Ich vertrug da noch eine ganze Menge. „Ich bin dann irgendwann nach Hause gegangen, als es mir zu viel wurde. Ich konnte doch nicht ahnen, dass die so sind", wurde Udo immer kleinlauter, um dann zu verkünden: „Für mich ist erstmal Schluss mit Disco. Ich hab keine Lust mehr!"

Alles Einreden auf ihn half nichts, auch nicht der Hinweis auf die Fete am nächsten

Tag. „Okay, dann bist Du eben mal krank, kann doch vorkommen", meinte ich.

„Kann ich Dein B57 dann wenigstens haben", fragte ich meinen Kumpel.

Doch da schaute der noch verstörter drein. „Das ist verklebt und verdreckt. Da müssen sie Bier drüber ausgekippt haben. Das gebe ich vorerst gar nicht mehr raus", jammerte er. Ich konnte seine Reaktion zwar verstehen. Denn ihm hatten sie übel mitgespielt.

Aber damit war die Veranstaltung nicht gerettet. Jetzt gab es nur noch eine Lösung: eine Band oder ein anderes DJ-Team musste gefunden werden. Auf Matze und seine Truppe brauchte ich nicht zu bauen. Die waren zum Sommerausklang im Ostseebad Binz gut im Geschäft und spielten das ganze Wochenende im Dünenhaus.

Ich wusste inzwischen, wo Roland wohnte und suchte ihn zu Hause auf. Er war fast auf dem Sprung, hatte am Abend einen Auftrittstermin. Ich redete auch nicht erst um den heißen Brei herum und bat ihn, für die normale Gage, die ihm zustand, die Veranstaltung am Sonntag zu übernehmen.

Zum Glück hatte er diesen Termin noch frei und sagte auch gleich zu: „Unter einer Bedingung! Ich mache das morgen nicht allein. Du stehst mit auf der Bühne. Denn Du kennst doch Eure Leute am besten."

Ich hatte keinen Grund zu widersprechen, fragte ihn aber noch, was ich an Technik oder Tonträgern mitbringen oder besorgen müsste. „Nichts, ich hab alles, bring bessere Laune mit. Und sei um 15 Uhr zum Ausladen am Kulturhaus!"

Über die eigenmächtig eingerührte Programmänderung informierte ich die Clubmitglieder erst am Sonntagmittag, als wir uns zur Vorbereitung im Kulturhaus trafen. Niemand hatte etwas dagegen. Im Gegenteil! Immerhin hatte ich die Veranstaltung, die beinahe zu platzen drohte, noch gerettet. Claudia, die sich wegen der Sache im Club schuldig fühlte, fiel mir sogar dankbar um den Hals. Sie versprach, ihren Cousin für den entstandenen Schaden haftbar zu machen. Erst später wurde bekannt, dass die Truppe im Treff wohl noch mehr Schaden angerichtet hatte.

Der Club wurde wegen defekter Toiletten und kaputter Fenster für einige Zeit geschlossen. Claudia zog sich ganz aus dem Jugendclub zurück. Sie absolvierte ihr halbjähriges Schulpraktikum, das im vierten Studienjahr auf dem Programm stand, in Binz. So richtig auf die Beine kam der Treff trotz mehrerer Neustartversuche ohne sie nie wieder.

Doch davon ahnten wir an diesem Sonntag der Begrüßungsfete noch nichts. Roland kam pünktlich am Nachmittag mit einem Taxi und einem großen Anhänger vorgefahren.

Er hatte am Abend zuvor in einem nicht ganz so weit entfernten Nachbarort aufgelegt, dort übernachtet und von seinem Stammtaxifahrer direkt zum Kulturhaus fahren lassen. Eifrig half ich beim Reintragen der Koffer und Kisten. Aber das Aufbauen überließ ich Roland allein. Ich wollte ihm nichts kaputtmachen. Als mobiler DJ reiste er mit einer 60-Watt-Anlage. Dazu gehörte als Verstärkereinheit ein Regent 60, ebenfalls ein Röhrengerät. Die Lautsprecher befanden sich separat in zwei schlanken Boxen, die per Kabel mit dem Verstärker verbunden wurden. Es waren dort dieselben 12,5 Watt-Lautsprecher verbaut, die auch wir in unserem Regent 30 hatten. Allerdings hatte Roland davon zwei in jeder Box.

Auf den Tisch kamen von ihm zwei Tesla B57-Bandgeräte und ein Plattenspieler. Das Mikrofon, das er mir für Testdurchsagen in die Hand drückte, war nicht aus Plastik, sondern mit einem Metallgehäuse versehen. Es handelte sich um ein sogenanntes „dynamisches Studiomikrofon". Da war jedes Wort gut zu verstehen. Man durfte es nur nicht zu dicht an den Mund halten.

Die Tonanlage war in wenigen Minuten aufgebaut. Großartige Lichteffekte kamen damals aber noch nicht zum Einsatz. Mein neuer Teamchef stellte hinter uns lediglich zwei große Theaterscheinwerfer auf die Bühne, deren Kegel er auf die Mitte der Tanzfläche ausrichtete. Dann schob er vor jede Lampe eine farbige Scheibe in den dafür vorgesehenen Rahmen, eine rote und eine gelbe. Das war's auch schon.

Die Musikauswahl übernahm Roland an dem Abend fast allein. Nur ab und zu fragte er mich mal, ob ich eine bessere Idee für den nächsten Titel hätte. Manchmal drückte er mir kurz vor Ablauf eines Liedes das

Mikrofon in die Hand, nannte mir Titel und Interpret und bat mich, das anzusagen.

So spielte ich mich in meine Rolle als Moderator allmählich ein. Die Tanzfläche füllte sich von einem zum nächsten Titel immer mehr. Es zeigte sich: Hier hat einer die Regie, der es verstand, das Publikum zu führen.

Über eines wunderte ich mich allerdings. Auf den Bandgeräten liefen meistens nur kleine Spulen mit Bändern, die allenfalls für zehn Titel reichten. Davon hatte Roland allerdings eine ganze Kiste voll, alles gut geordnet. „Dann musst Du nicht so lange spulen, wenn Du ein bestimmtes Lied als nächstes abspielen willst", klärte er mich auf. In der Tat: Mit meinen großen Bändern, auf denen ich mehrere Stunden an Musikaufnahmen hatte, war es weitaus schwieriger und dauerte viel zu lange, den Anfang eines ganz bestimmten Titels anzusteuern.

Mit den kleinen Spulen war das ein Kinderspiel. Man brauchte halt nur ein paar mehr davon und musste wissen, auf welchem Band welches Lied zu finden ist. So hatte ich schon in wenigen Minuten eine Menge vom

„Meister" gelernt. Aber auch Roland war offenbar mit meiner Art der Mitwirkung nicht unzufrieden. Das machte er deutlich, als der letzte Titel des Abends lief.

Wie immer kam da bei ihm ein Instrumentalstück zum Einsatz, zu dem sich stets nur noch wenige Tänzer auf der Fläche drehten. Das finale Stück nutzte Roland immer, um werbewirksam seine nächsten Termine in der Region anzukündigen.

Als der Titel zur Hälfte gelaufen war, nahm er sich das Mikro, regelte die Musik etwas leiser und begann seine Ankündigung: „Das nächste Mal wieder für Euch in Aktion, am 6. September in Garz, am 7. September in Sassnitz, sowie am 14. September im Kreiskulturhaus…" Und dann ergänzte er: „beim Diskotreff mit Rolf und Roland!"

Er hatte mich völlig überrumpelt. Aber ich protestierte nicht, sagte ihm nur: „Okay, ich werde es mir überlegen!"

Dann begannen wir mit dem Abbau. Die Anlage wurde in einem Extraraum des Kulturhauses eingeschlossen. Sie sollte in der Woche wieder vom Taxifahrer abgeholt werden. Nachdem Roland seine Gage von knapp 90 Mark kassiert hatte, drückte er mir davon 30 Mark in die Hand und verabschiedete sich. Die hübsche Elena war die Einzige aus dem Club, der die Besonderheit in der Terminankündigung zum Schluss aufgefallen war. Sie sprach mich gleich darauf an: „Dann ziehst Du also demnächst mit ihm umher? Dann sag Bescheid, wenn Ihr Plakate braucht. Mach ich doch gern für Dich." Das vernahm ich natürlich gern. Nicht nur wegen der Plakate!

6. Kapitel

Lästige Vorschriften und wertvolle Tipps

Die Entscheidung, ob ich als zweiter Mann bei Roland mit einsteigen würde, fiel mir angesichts der vorübergehenden Schließung unseres Jugendtreffs leicht. Ich sagte zu, sprach aber vorher auch mit Udo darüber, der sich inzwischen wieder beruhigt hatte. Schließlich wollte ich ihn nicht übergehen. Wir verabredeten, auf jeden Fall zusammen den Lehrgang für angehende Schallplattenunterhalter zu besuchen und am besten auch die daran anschließende Prüfung gemeinsam zu meistern.

Der Lehrgang fand an drei aufeinander folgenden Samstagen, jeweils nachmittags, im Kreiskulturhaus statt. Beim ersten Mal lernten wir dann auch Markus Schneider kennen, der in natura viel netter und umgänglicher war, als ich ihn von unserem Telefonat noch in Erinnerung hatte. So stark besetzt, wie ich angenommen hatte, war der Kurs dann doch nicht. In dem kleinen Seminarraum saßen gerade mal acht Männer im Alter zwischen 17 und 50. Alle stammten von der Insel.

Auch ließen alle bei der Vorstellungsrunde zu Beginn durchblicken, dass sie schon Bühnenerfahrung als Diskotheker hatten. Aber keiner erzählte etwas von einer vorläufigen Auftrittsgenehmigung. Also sagten wir davon auch nichts.

Der Lehrgangsinhalt drehte sich keineswegs nur um die trockene Theorie. Auch ganz praktische Dinge kamen zur Sprache. Dazu hatte das Kreiskabinett dann erfahrene Praktiker eingeladen, die ein wenig aus dem sprichwörtlichen Nähkästchen plauderten und mitunter auch gut gemeinte Tipps gaben. So übten wir in einer Lektion sogar das An- und Ablöten von Kabelanschlüssen. In einer Welt, in der es oft auf Improvisation ankam, war das sehr hilfreich.

Aus Stralsund kam ein Dozent, der selbst als Diskotheker schon eine höhere Einstufung vorweisen konnte. Achim von der „Sund-Diskothek" war nicht nur in den Bars in Stralsund ein angesagter Unterhalter. Er war auch als Dozent und Mensch ein origineller und netter Typ. An einen seiner Tipps erinnere ich mich noch sehr gut.

Als die Sprache auf die Möglichkeit der Installation von Lichtanlagen in einer Disco kam, meinte er: „Licht ist sicher auch wichtig in einer Disco und einige setzen das schon sehr gut in Szene. Aber bedenkt auch bitte: Ihr macht die Leute oft mit viel zu lauter Musik schon taub! Macht sie nicht auch noch blind!" Der Grund für seine Warnung: Damals kamen in einigen Discos bereits die ersten Stroboskope zum Einsatz. Solch hektisches Lichtgeflatter im Dauereinsatz lehnte Achim strikt ab.

Auch machte er darauf aufmerksam, dass viele der kleinen Dorfkneipen, in denen wir dann wahrscheinlich auch auftreten würden, elektrisch gar nicht ausreichend ausgestattet oder abgesichert seien, um große Lichtanlagen aufzufahren. „Nur weil wir buntes Licht im Saal haben wollen, muss dann nachher die Feuerwehr ausrücken. Übertreibt es bitte nicht!", mahnte Achim.

Er hatte Recht, denn auch die Theaterscheinwerfer, die Roland oft auf die Bühne stellte, hatten einen hohen Strombedarf und wurden verdammt heiß.

Um ein Thema aber kamen wir in unserem Lehrgang keineswegs herum: Die 60:40 Regel! Diese gesetzliche Vorschrift zur Aufführung von Musik bei öffentlichen Veranstaltungen bedeutete, dass nur zwei Fünftel der live aufgeführten oder von Platte oder Band abgespielten Musiktitel aus dem Ausland stammen durften.

Vereinfacht wurde sie in unserem Kurs auf die Formel 60 Prozent Ostmusik steht im Verhältnis zu 40 Prozent Westmusik.

Heute wird, wenn von dieser Regel die Rede ist, meistens die ideologische Komponente gern überbetont. Man wollte das Volk damit bewusst von westlichen Einflüssen fernhalten, heißt es dann. Das traf zwar auch zu, ist aber nur die halbe Wahrheit.

Noch viel wichtiger war die wirtschaftliche Komponente. Für jeden bei Konzerten, in Tanzveranstaltungen und im Radio abgespielten Schlager, Rock- oder Popsong aus dem „nichtsozialistischen Wirtschaftsgebiet" (NSW), musste die DDR schließlich den Urhebern die üblichen Tantiemen zahlen – selbstverständlich in harter Währung!

Über die Einhaltung der 60:40-Regel und die Verteilung der Musikertantiemen wachte die „Anstalt zur Wahrung der Aufführungs- und Vervielfältigungsrechte auf dem Gebiet der Musik", gewöhnlich abgekürzt als AWA.

Von dieser Anstalt – einen besseren Begriff für solch eine Institution hat die deutsche Sprache auch nicht anzubieten – wurden dann auch Formulare für Titellisten an alle Veranstalter herausgegeben, die nach jeder Veranstaltung von den Musikern oder DJs auszufüllen waren.

Jede öffentliche Tanzveranstaltung musste unter Einhaltung einer Meldefrist vorher bei der Polizei, die damals noch einige ordnungsrechtliche Aufgaben mehr innehatte, angemeldet werden. Da gab es dann auch die Formulare für die AWA.

Im Lehrgang wurden uns diese ausführlich vorgestellt und als Übung musste jeder von uns eine solche Liste für eine vierstündige Veranstaltung ausfüllen. Dabei zeigte sich schon gleich, dass ich – und den anderen erging es da kaum anders – schon Probleme damit hatte, genug Titel aus der Sparte der Ostmusik aufzuschreiben. Dabei sollte das eindeutig die Mehrheit sein.

Der erfahrene Diskotheker Achim gab uns mit auf den Weg: „Deshalb beschäftigt Euch bitte mehr mit der DDR-Musik. Findet heraus, welche Titel tanzbar sind und vom Publikum angenommen werden. Ihr braucht sie, für die Prüfung sowieso und für die AWA-Liste erst recht."

Dann schloss er mit den Worten: „Egal, nach welcher Musik Eure Fans sich ausgetobt haben. Nach der Liste, die Ihr danach ausfüllt, haben sie immer mindestens zu 60 Prozent nach DDR-Musik getanzt. Das ist Euch hoffentlich klar?!"

In der Tat war der „sehr kreative" Umgang mit den Anstaltsformularen die alltägliche Praxis für jeden DJ und jede Band. Beim Ausfüllen der Titellisten wurde gelogen, dass sich die Balken bogen.

Dann durfte man sich aber auch nicht darüber wundern, dass einige Urheber der Ostmusik bei der Anrechnung ihrer Tantiemen sehr gut wegkamen, dafür bares Geld kassierten und vielleicht in Saus und Braus lebten, obwohl in Wirklichkeit kaum jemand ihre Musik hören und schon gar nicht danach tanzen wollte.

So hatten wir Diskotheker allein durch unsere gelogenen Titellisten jahrelang zum persönlichen Wohlstand einiger Komponisten und Texter in der DDR mit beigetragen, die es wohl gar nicht verdienten. In diesem Sinne bekenne auch ich mich schuldig, vorsätzlich mit beigetragen zu haben, an der Förderung des schlechten Musikgeschmacks. Ob das bewusste Schummeln beim Erstellen der Titellisten im juristischen Sinne nicht vielleicht schon massenhaft ausgeübte Urkundenfälschung im Sinne des Strafrechts war, könnte man jetzt hinterfragen. Es sollte inzwischen verjährt sein.

Ausrechenbar ist aber auch: Hätten wir (Musiker und Diskotheker) alle unsere tatsächlich abgespielten Musikfolgen immer für die AWA aufgelistet, wäre die DDR wohl schon Ende der 70er Jahre pleite gewesen. Schon um Devisen zu sparen, wollte niemand bei der AWA solche der Tatsache entsprechenden Listen sehen.

Dass die Praxis in den Discos eine andere war, das war allgemein bekannt, auch in den Behörden und bei Parteifunktionären. Es wurde mehr oder weniger hingenommen.

Wenn aber jemand zu sehr über die Stränge schlug, wurde eben ein Exempel statuiert und dem Diskotheker die „Pappe" entzogen. So etwas sprach sich schneller herum als die neuen Top-Ten der internationalen Musikcharts.

Im Kurs wurden wir eindringlich vor den Kontrolleuren der AWA gewarnt. Die kamen in Zivil und besuchten regelmäßig und unangemeldet die Veranstaltungen, hieß es. Sie waren berechtigt, vom DJ die Auftrittsgenehmigung zu verlangen und den Besitz von Mitschnittslizenzen, die jeder für ein paar Mark bei der AWA oder den DDR-Rundfunksendern erwerben konnte und auch sollte, zu kontrollieren.

Achim gab uns – natürlich nicht mitten im Kurs, sondern in der Pause - den freundschaftlichen Tipp, mit dem Veranstalter oder der Person am Einlass ein geheimes Zeichen zu vereinbaren, mit dem die Ankunft eines Kontrolleurs mitgeteilt werden konnte, ohne dass es gleich jeder mitbekam. Meistens taten die Kontrolleure selbst so wichtig, dass sie sich am Einlass vordrängelten und ihren Ausweis vorlegten.

Auch ich hatte später mal solchen „Besuch", der mir damit angekündigt wurde, dass die Kassiererin am Eingang „aus Versehen" das Deckenlicht an- und dann schnell wieder ausschaltete.

Neben den brauchbaren, notwendigen und mitunter auch überflüssigen Informationen, die wir im Lehrgang für Schallplattenunterhalter bekamen, war der Austausch untereinander umso wertvoller.

Obwohl jedes Discoteam, das auf der Insel unterwegs war, auch irgendwie in Konkurrenz zum anderen stand, haben wir uns beim Lehrgang und auch in den Jahren danach immer gut verstanden.

Wenn man dann mal das Terminangebot eines Veranstalters selbst nicht wahrnehmen konnte, dann empfahl man ohne Bedenken einen Kollegen, ohne befürchten zu müssen, dass dieser sich im Nachhinein dort festsetzen könnte. Die Insel war groß genug und hatte Veranstalter und Muggen für uns alle. Bei den Amateurbands lief es ähnlich ab.

Der Lehrgang endete schon im September. Aber die Vergabe unserer Prüfungstermine für die Einstufung zog sich noch hin. Für mich war das kein Problem.

Meine vorläufige Auftrittsgenehmigung hatte weiterhin ihre volle Gültigkeit und außerdem tingelte ich inzwischen schon gemeinsam mit Roland über die ganze Insel.

Für mich war es die beste Gelegenheit, einiges von dem, was ich im Kurs gelernt hatte, in der Praxis anzuwenden. Aber noch mehr, vor allem in technischen Belangen, lernte ich von meinem technisch versierten Kollegen. Eine Röhre beim Verstärker zu wechseln, war für mich ein Kinderspiel und mit dem Lötkolben einem Lautsprecherkabel einen neuen Stecker verpassen, konnte ich auch schon.

7. Kapitel

Kleine Stars auf großer Bühne

Als ich im Herbst 1974 damit begann, fast jedes Wochenende mit Rolands Disco umherzuziehen, lernte ich die Insel erstmal richtig kennen. Zwar war ich vorher schon kurz in Orten wie Binz, Sassnitz oder Sellin gewesen. Aber nun traten wir auch in Dörfern und kleinen Städten auf, die ich bis dahin gar nicht kannte. Ich hatte meinem neuen Teamchef öfter mal vorgeschlagen, dass wir uns doch einen fetzigen werbeträchtigen Namen zulegen könnten, wie andere.

Namen wie „Disco future" oder „Disco-Express" oder „Insel-Disco" gab es schon. Aber mein Kollege fand, dass „Discotreff mit Rolf und Roland" authentisch sei. Ich fand's langweilig und altbacken. Aber so stand es auf den Plakaten, die Elena, mit der ich mich nun privat öfter traf, für uns in großen Lettern druckte.

Die Touren führten uns über die ganze Insel, wobei wir uns praktischerweise wegen der Anfahrt mehr auf der östlichen Hälfte bewegten.

Dazu gehörten dann auch die Seebäder, Binz, Sellin, Baabe und Göhren mit zahlreichen Tanzsälen, Bars und Kneipen und Ferienlagern.

Auch in die kleineren Fischerdörfer auf der Halbinsel Mönchgut reisten wir oft und gern. Zu den Menschen dort hatten wir irgendwie einen besonderen Draht. Sie gaben uns schnell das Gefühl, dazuzugehören, obwohl gerade das bei den Rüganern in dieser Gegend eher selten vorkommt.

Wann immer es eine Gelegenheit gab und wir Termine freihatten, legten wir zur Disco in den Gaststätten in Gager und Groß Zicker auf. Ob zur Kinderdisco, Hochzeit oder Dorffest war egal – meistens feierte sowieso das halbe Dorf mit.

Inzwischen waren wir dort so bekannt, dass es schon mal vorkam, dass Kinder, wenn wir am späten Nachmittag mit unserem Transportgespann ankamen, durchs Dorf rannten und freudig riefen: „Mutti, Mutti, Rolf und Roland sind wieder da!" Willkommenskultur in den 70ern! Für Rügener Verhältnisse phänomenal!

Nachdem mein Kollege dann nebenbei noch schnell bei dem einen Fischer den Fernseher repariert und beim anderen die Antenne ausgerichtet hatte, war die Beschaffung von begehrten Delikatessen wie Räucheraal für uns kein Problem mehr.

Auch lag die Gage, die wir in den kleinen Dorfgaststätten für unsere Muggen bekamen, meistens viel höher als anderswo, obwohl eigentlich überall dieselben Abrechnungskriterien galten.

Die bei der Konsumgenossenschaft angestellten Gaststättenleiter ließen sich auf kreative Deals ein, über die kein großes Aufhebens gemacht wurde. Wenn es vor Ort eine Übernachtungsmöglichkeit für uns gab, dann wurde eben für den folgenden Vormittag nach der Disco einfach noch ein „musikalischer Frühschoppen" für die Fischerkneipe mit dazu gepackt. In diesen zwei Stunden, die als vier Stunden abgerechnet wurden, ging es manchmal auch ganz schön hoch her. Laut Rechnung war es eine eigenständige Veranstaltung mit allen Nebenkosten.

Anstandslos von allen Veranstaltern bezahlt wurden auch die Transportkosten, egal wie weit unsere Strecke war.

Wenn das den normalen Kostenrahmen sprengte, war es den angestellten Gaststättenchefs ziemlich egal. Sie reichten unsere Rechnungen auch nur an die Zentrale weiter. Immerhin reisten wir überwiegend mit dem Taxi zu unseren Discostätten. Das Fahrzeug kam jedes Mal aus einem Nachbarort zu uns und fuhr jede Strecke vierfach. Eine volle Tour war nötig, um uns hinzubringen, eine Leerfahrt ging zurück. Dann wurde das Ganze noch einmal umgekehrt abgefahren, um uns nach der Veranstaltung wieder abzuholen.

Auch der Taxifahrer war Angestellter eines staatlichen Unternehmens. Er war jedoch der einzige seiner Zunft auf der Insel, der einen verschließbaren Anhänger für den Transport der Anlage zur Verfügung hatte. Außerdem war er jemand, mit dem es Spaß machte, mitzufahren. Auf unseren treuen Taxifahrer waren wir beide auch angewiesen, denn keiner von uns hatte zu der Zeit einen Führerschein vorzuweisen, geschweige denn ein Auto.

In dem Punkt waren andere Teams schon weiter als wir und cleverer, denn Selbstfahrer konnten Kilometergeld mit auf die Rechnung schreiben.

Das gab dann nochmal Spielraum für kreative Abrechnungen. Aber wir mochten unseren „Kalli" und die Touren mit ihm.

In seinem breiten Wolga GAZ 24 *[6] saß man äußerst bequem und hatte Platz genug, um nach der Disco auch noch weitere Personen mitzunehmen, was auch mal vorkam.

Unsere längeren Touren führten uns öfter in den Norden der Insel, in die Hafenstadt Sassnitz. Dort gab es den „Schacht" (eigentlich Saßnitzer Hof), ein traditionsreiches Tanzlokal mit Gaststätte, Bar, einem großen Saal und einer ebenfalls recht großen Bühne. Es lag sicher nicht an uns, dass sich die Jugendlichen schon beizeiten, manchmal schon zwei Stunden vor dem Einlass, vor dem Eingang postierten.

Aber uns beeindruckte das natürlich, als wir mit unserem Transport auf den Hof fuhren und schon so zeitig die vielen jungen Leute sahen. Wir fühlten uns ein wenig wie Stars.

Kaum hatten wir angehalten, boten sich auch schon die ersten Helfer an, die uns beim Reintragen unterstützen wollten. Das war für diese vor allem auch eine Möglichkeit, in den Saal zu gelangen. Aber wir lehnten dankend ab, denn unser Fahrer packte mit an.

Im „Schacht" waren die Abende fast immer besonders – in jeder Hinsicht. Manchmal hatten wir noch gar nicht begonnen, da saßen schon die ersten Mädchen mit bei uns auf der Bühne und machten uns schöne Augen. Das schmeichelte uns zwar, aber eigentlich lenkten sie uns nur ab. Wir hatten schließlich einen Job zu erledigen.

Der war darauf ausgelegt, die jungen Gäste im ziemlich überfüllten Saal in Stimmung zu bringen und diese so lange wie möglich zu halten. Was bei dem Publikum aber auch kein Problem war. Das Diskofieber hatte damals gerade angefangen, die jungen Leute zu packen.

Zur „Belohnung" für eine permanent volle Tanzfläche gab es von uns dann zum Abschluss immer eine etwas längere langsame Runde.

Für die Pärchen, die sich an diesem Abend gefunden oder wieder vertragen hatten, war es an der Zeit, auf Tuchfühlung zu gehen. Für uns und den Veranstalter war es auch wichtig, das Publikum nach der Stimmungssause emotional wieder etwas „runterzufahren".

Einmal, als unser Fahrer Kalli schon etwas früher über den Hof zur hinteren Bühnentür reinkam, um uns abzuholen, war die Veranstaltung gerade erst zu Ende gegangen und das Personal hatte damit begonnen, den Saal aufzuräumen.

Da galt es nicht nur, ein paar volltrunkene Discogänger aufzuwecken und nach draußen zu führen. Es musste auch kaputtes Mobiliar aussortiert werden, Scherben waren einzusammeln und der Tanzboden musste wenigstens schon mal grob gefegt werden.

Interessiert bekam unser Taxifahrer mit, wie eine Kellnerin, die den Saal fegte, sich bückte und mitten von der Tanzfläche einen Damenslip aufhob. Mit zwei Fingerspitzen fasste die Mitarbeiterin das Stück Unterwäsche an und warf es angewidert in einen bereitstehenden Mülleimer.

Fahrer Kalli, der damals so um die 50 Jahre alt war, kam aus dem Staunen nicht mehr raus. „Ist das hier immer so?" fragte er bei uns neugierig nach. „Na klar, normalerweise werfen sie uns ihre Schlüpfer auf die Bühne, aber da hat sich wohl diesmal eine verworfen", nahm Roland den Fahrer auf die Schippe.

Denn so etwas hatten wir beide zuvor selbst auch noch nicht erlebt und danach auch nie wieder. Aber Kalli fragte beim nächsten Mal, als wir wieder eine Tour nach Sassnitz bestellten, gleich am Telefon nach: „Nach Sassnitz? Geht's da wieder in den Schlüpferpalast?"

Einmal blieb er sogar den ganzen Abend mit bei uns auf der Bühne und hatte reichlich Spaß. Er tat dann so, als wolle er unbedingt die Besitzerin des Wochen zuvor aufgefundenen Wäschestückes ausfindig machen. „Die könnte es gewesen sein", zeigte er einige Male auf fröhlich tanzende junge Frauen.

Es fanden jedoch auch Veranstaltungen im „Schacht" statt, bei denen es ganz gesittet zugehen konnte. Ende November absolvierten Udo, ich und die anderen

Neulinge aus dem Diskotheker-Lehrgang ihre Prüfung in dem großen Saal in Sassnitz vor ausgewähltem Publikum. Das heißt, es wurden zwei zehnte Klassen eingeladen.

Wir Prüflinge durften zu zweit antreten und jedes Team hatte ein etwa halbstündiges Programm zu absolvieren. Dabei war selbstverständlich die 60:40-Regel einzuhalten. Einzureichen war aber zuvor eine Konzeption für eine thematische Veranstaltung von insgesamt vier Stunden, für die dann auch eine passende Titelliste mit vorzulegen war.

Auf das junge Publikum dieser Sondermugge mag es kurios gewirkt haben, dass einige wenige Ostlieder, die sonst in der Disco selten zu hören waren, an diesem Abend gleich mehrmals abgespielt wurden. Aber irgendjemand hatte die Schüler vorher wohl gut instruiert. So machten sie ganz eifrig mit und tanzten auch bei Liedern, die sie sonst vielleicht doof fanden.

Udo und ich bestanden die Prüfung ohne Probleme. Wir bekamen die Grundstufe A zuerkannt. Laut unserer „Staatlichen Spielerlaubnis für Schallplattenunterhalter", die wir nun stolz in den Händen hielten, war jeder von uns berechtigt, als Honorar 5 Mark für die Stunde zu kassieren, für den restlichen Aufwand galten dieselben Sätze wie vorher auch.

Diskotheker wie Roland, die über die Stufe B verfügten, durften 6,50 Mark pro Stunde abrechnen, für die C-Klasse gab es 8,50 Mark. Aber zu dieser Zeit gab es meines Wissens nach noch keinen S.p.U. auf der Insel mit dieser Einstufung.

Auch wenn die Tanzabende in der Regel von 20 bis 24 Uhr angesetzt waren, stimmten fast alle Veranstalter zu, wenn wir fünf Stunden in Rechnung stellten.

Später setzte es sich durch, dass Diskotheker einen zweiten Mann als Techniker mit mindestens 20 Mark Gage berechneten, auch wenn dieser keine „Pappe" vorzuweisen hatte, oder manchmal gar keine zweite Person dabei war.

Lange blieb es umstritten, ob auch der Einsatz von Lichttechnik gesondert berechnet werden durfte. Nachher waren auch hier Sätze von 20 oder 25 Mark üblich und wurden allgemein anerkannt.

Amateurbands setzten für ihr Bühnenlicht oft sogar bis zu 70 Mark und einen Lichttechniker extra an.

Aber als ich meine erste Diskotheker-Pappe in den Händen hielt, war mir das Monitäre erstmal völlig egal. Ich war einfach nur stolz, diese Etappe erreicht zu haben. Denn nebenbei hielt mich auch das „normale" Leben genug in Atem.

Kurz nach Beginn des Studienjahres im September war ich in ein halbjähriges Schulpraktikum gestartet. Das absolvierte ich an der Schule in einer benachbarten Kleinstadt. Täglich hatte ich dann drei bis vier Stunden selbst vor einer dritten Klasse in Fächern wie Mathematik und Deutsch zu unterrichten oder zu hospitieren.

Das bedeutete, dass ich jeden Morgen mit dem Linienbus dorthin fahren musste. Erst nachmittags fuhr ein Bus zurück. Als Fußstrecke waren die 14 Kilometer zu viel. Fürs Radfahren war die Jahreszeit ungeeignet.

Auch für Privates galt es neben dem Praktikum und der Disco noch genug Zeit übrig zu lassen. Das kam dann aber wohl doch etwas zu kurz.

Die Beziehung mit der hübschen Elena hielt leider nur etwas länger als ein halbes Jahr. Die danach wieder gewonnene „Freiheit" passte wohl besser zu meinem neuen Vagabundenleben. Allerdings vermisste ich später oft die Zweisamkeit mit Elena. Nachfolgende Liebeleien hatten selten länger als ein paar Wochen Bestand.

Aufpassen musste ich, dass ich mit meiner Tingelei beim Studium nicht außer Tritt geriet, denn das achte und letzte Semester, das im Februar begann, bestand fast nur aus Klausuren und Prüfungen. Meine Vorbereitungen darauf waren aber eher mäßig.

Ich machte wie all die Zeit davor, nur das Nötigste und davon auch nur das, wozu ich Lust hatte. Ich wanderte nicht wie andere Mitstudenten mit dem Hefter unterm Arm im großen Park umher, um zu lernen.

Während meine Kommilitoninnen abends vielleicht noch im Internat mit Büchern auf ihren Betten lagen und für die Prüfung am nächsten Tag paukten, stand ich mit dem Mikro in der Hand in einer Nachtbar in Binz und unterhielt die Gäste.

Die Prüfung schaffte ich am nächsten Vormittag auch so, nicht mit Bestnote, aber gut genug.

Mit meiner etwas lodderigen Art schaffte ich am Ende immerhin mein Staatsexamen als Unterstufenlehrer mit einem zufriedenstellenden Resultat. Mit mehr Ehrgeiz und Fleiß wäre wohl mehr drin gewesen. Aber wen interessierte das? Meinen Beruf sah ich sowieso nur noch als Übergangslösung an. Ich hatte die Bühne als festen Teil meines Lebens für mich entdeckt.

Finanziell war meine Situation in der Zeit des Umhertingelns auf den ersten Blick gar nicht mal so schlecht. Roland bezahlte mich fair und wir kamen im Sommer meistens auf drei bis vier Veranstaltungen die Woche.

Auch im Winterhalbjahr waren es immer noch acht bis zehn Muggen im Monat. Allerdings nahmen auch meine Kosten zu. Ich hielt mich öfter in Orten wie Binz, Sellin und Sassnitz auf. Da gab es Bars, die täglich und vor allem nachts lange geöffnet hatten. Für das fröhliche Nachtleben und das Drumherum, an das ich mich inzwischen gewöhnt hatte, ging das meiste Geld auch wieder drauf.

Dann wurde eben mal im Interhotel übernachtet, mit netter Gesellschaft in feinen Restaurant gespeist und schon für kurze Wege ein Taxi gerufen.

Dummerweise fing ich auch noch das Rauchen an – mit neunzehn Jahren! Was für eine Dummheit! So blieb von meinem Nebenverdienst nichts übrig, solange ich noch Student war schon gar nicht.

Geld für schlechtere Zeiten oder notwendige Anschaffungen auf die hohe Kante zu legen, auf die Idee kam ich erst gar nicht. Die Erlebnisse als Macher auf der Bühne und die Anerkennung, die man vom Publikum dafür bekam, waren für mich aber auch viel wichtiger.

Manchmal waren die Auftritte, auf die wir uns einließen, von der technischen Seite wohl eher grenzwertig. So schickte mich Roland einmal allein an einem Sommertag auf Diskotour in die Kreisstadt, weil er selbst beruflich eingespannt war.

Die Veranstaltung fand aber nicht etwa im Kreiskulturhaus statt, in dessen großen Saal wir auch schon öfter aufgelegt hatten. Diesmal ging es zur Open Air Disco auf eine Freilichtbühne.

Es mangelte dort nicht an Gästen und auch das Wetter war sehr angenehm. Zum Problem wurde eher der Mangel an Power. Mit Rolands 60-Watt-Anlage waren für die Beschallung Grenzen gesetzt. Bis an die Leistungsgrenze des Verstärkers zu gehen, ging dann auch nicht.

Dann wäre der Ton nur noch verzerrt aus den Boxen gekommen. Genauso gut hätte es passieren können, dass Lautsprecher Schaden nehmen oder der Regent sich mit dem gefürchteten Röhrentod verabschiedet.

Solch Missgeschick blieb mir erspart und das Publikum, dass zum Anfang ab und zu mal nach mehr Lautstärke verlangte, blieb insgesamt nachsichtig mit mir.

Aber ich selbst war nicht zufrieden und ließ mich später nur noch auf Freilichtmuggen ein, wenn die technische Ausstattung auch zur Umgebung passte.

Eine andere Freilichtdisco hingegen machte uns viel Spaß, weil der Rahmen ein ganz anderer war und die Technik passte. Beim „Kleinen Festival", das unter Federführung der FDJ-Kreisleitung im Sommer hunderte Jugendliche von der ganzen Insel in unseren beschaulichen Ort lockte, wurde uns Technik zur Verfügung gestellt, bei der Power und Lautstärke keine Probleme bereiteten. Auf dem Platz vor dem Institut wurde ein Lautsprecherwagen der Armee postiert, der zu unserer Bühne avancierte.

Damit wir unsere Musik nicht durch die eher blechern klingenden „Flüstertüten" auf dem Dach des NVA-Fahrzeugs schicken mussten, wurden an die Verstärkeranlage, die sich im Inneren des Wagens befand, extra Boxen angeschlossen. Die brachten dann zweimal 600 Watt an Leistung. Damit ließ sich etwas anfangen.

Roland übernahm wie meistens die Technik und nahm im Wagen hinter einem riesigen Mischpult Platz, während ich mithilfe einer Leiter auf das Wagendach des Robur kletterte. Durch die geöffnete Dachluke des Armeewagens konnten wir uns verständigen.

Da reichte mir Roland dann auch das Mikrofon an einem langen Kabel durch. Es war ein Studiomikrofon der westlichen Marke Sennheiser, wie man es sonst nur bei Künstlern im Fernsehen sah. Und das in einem Propaganda-Wagen der NVA!

An das Stehen auf dem Dach gewöhnte ich mich schnell. Auch machte es Spaß, von oben die Leute beim Tanzen anzuheizen.

Obwohl Roland zuvor noch von einem der FDJ-Funktionäre instruiert worden war, nicht so sehr auf der „westlichen Hitwelle" zu agieren, entwickelte auch diese Veranstaltung ihre Eigendynamik.

So tobte sich unser Publikum vor allem nach Titeln von ABBA, Bachman Turner Overdrive, Garry Glitter, Amanda Lear oder Yethro Tull aus. Mittendrin tanzten auch die Funktionäre der Kreisleitung. Sie gehörten dann sogar zu jenen, die von Garry Glitter noch mehr hören wollten.

Für mich war es genau die richtige Mugge, um mich von dem kleinen grünen Inselstädtchen gebührend zu verabschieden. Mit Erlangen meines Examens in diesen Tagen war das Studentenleben für mich vorbei und mein kleines Zimmer im Institutsquartier musste ich räumen.

8. Kapitel

Auf eigenen Füßen

Wieder war September (1975), wieder begann für mich etwas vollkommen Neues. Ich blieb zwar auf der Insel, aber mein neuer Einsatzort lag weiter oben im Norden, etwa zehn Kilometer von der Hafenstadt Sassnitz entfernt.

Ich hatte mich schon vor Ende des Studiums dazu entschlossen, auf Rügen zu bleiben, damit ich mein Hobby, das längst zum Nebenberuf geworden war, in vertrauter Umgebung weiter ausüben konnte. Dafür musste ich mich allerdings auf einen Kompromiss einlassen.

Einen Job als Unterstufenlehrer, was meiner Ausbildung entsprochen hätte, bekam ich dort nicht. Ich heuerte als Pionierleiter in einer kleinen Dorfschule an, die von der ersten bis zur zehnten Klasse vielleicht gerade mal 150 Schüler hatte. Davon stammte die Hälfte aus einem Kinderheim. Als „Pilei", wie die Direktorin der Schule mich bei jeder passenden Gelegenheit nannte, war ich neben wenigen

Stunden, die ich in einer vierten Klasse unterrichtete, vor allem für die Jugendarbeit und damit auch für die organisierte Freizeitgestaltung der Schüler zuständig.

Das konnte man mit viel Verbandspolitik und Ideologie machen, oder mit ganz praktischen Dingen. Mir lag die zweite Variante mehr. Zwar kam auch ich nicht umhin, Fahnenappelle, die ich selbst als Schüler gehasst habe, zu zelebrieren und Pioniergruppenräte zu coachen. Aber auch kulturelle Veranstaltungen zu organisieren, fiel in mein Aufgabengebiet.

Ausgerechnet das Umherziehen mit Rolands Disco wurde aufgrund der Entfernung schwieriger, denn Fahrerlaubnis oder Auto besaß ich noch immer nicht. Ich war auf die nicht so optimale Busverbindung, die überwiegend aus dem Schulbus bestand, der zwischen Saßnitz und den Dörfern ringsum verkehrte, angewiesen. Ein paar Mal aber gelang es uns noch, gemeinsam stimmungsvolle Discopartys auf die Beine zu stellen. Dann verkündete Roland, dass er seine komplette Anlage verkaufen müsse.

Er hatte seinen Einberufungsbefehl erhalten und wollte nach dem Wehrdienst nicht mehr mit der Disco weitermachen.

Der anderthalbjährige Grundwehrdienst, zu dem er anzutreten hatte, startete schon Anfang November. Ich erfuhr davon zwei Wochen vorher. Mir fehlte aber das Kapital, um die Anlage zu übernehmen.

Ich war schon froh, dass ich mir inzwischen wenigstens ein neues Tonbandgerät, ein B100 von Tesla, zulegen konnte. Hierfür hatte ich mir schon einen Teil des Geldes geliehen. Aber das Gerät war zu der Zeit mit das Beste, was im ostdeutschen Handel an Tonbandgeräten offiziell zu haben war.

Mit meinem mageren Lehrergehalt von 540 Mark netto konnte ich mich auch nicht auf eine Ratenzahlung zum Kauf der Regent-Anlage einlassen, um mein Hobby zu finanzieren. So war ich durch Rolands Einberufung für längere Zeit auf mich allein gestellt. Damit galt es erst einmal klarzukommen. Auch wenn ich offiziell nun selbst keine Anlage zur Verfügung hatte, bedeutete das für mich nicht automatisch das Aus als Diskotheker. Ich nahm weiterhin an den Aufbaukursen teil, zu denen das Kreiskulturhaus einlud.

Durch die Tingelei quer durch die Insel hatte ich außerdem inzwischen selbst Kontakte zu zahlreichen Veranstaltern geknüpft. Darunter war auch ein Gastronom, der eine gut gehende Discobar in einem der Ostseebäder leitete. Die Bar war technisch komplett ausgestattet.

Ich musste nur meine Tonbänder und wenigen Platten, die ich einsetzte, selbst mitbringen. Dazu verdiente sich der Kneiper noch das Transportgeld, das ich seinem Betrieb, der Handelsorganisation (HO), in Rechnung stellte. Er übernahm persönlich den Transport mit seinem privaten PKW. So wurde ich von ihm für jede Mugge abgeholt und wieder nach Hause chauffiert.

Es dauerte nicht lange, da bot der Wirt mir an, auch die Touren zu anderen Veranstaltern zu übernehmen. Dazu gehörte die Möglichkeit, auch eine kleine Mobilanlage von ihm mit einzusetzen. Die taugte allerdings nicht besonders viel und so blieben externe Auftritte mit seiner Unterstützung die Seltenheit.

9. Kapitel

Aufgabe für den Sommer

Bei all meiner Leidenschaft für mein schönes DJ-Hobby musste ich aufpassen, dass ich meine beruflichen Aufgaben nicht zu sehr vernachlässigte. Dabei verhalf mir dann ausgerechnet mein Job zu neuen Möglichkeiten in meinem Metier. Das ahnte ich aber zunächst noch nicht.

Niemand konnte mir sagen, wie lange meine Dienstverpflichtung in dem einsamen Dorf an der brüchigen Steilküste noch andauern würde, auf die ich mich da eingelassen hatte.

Als ich dort angekommen war, hatte die Schule vor mir lange Jahre keinen Pionierleiter mehr gehabt. So schnell, das war mir klar, würden sie mich nicht wieder ziehen lassen, was als Angestellter des staatlichen Bildungswesens ohnehin nicht einfach war.

Der Job hielt außerdem noch besondere Aufgaben für mich bereit. Als Pionierleiter bekam ich zwar mein Gehalt von der Abteilung Volksbildung beim Rat des Kreises überwiesen.

Disziplinarisch unterstellt aber war ich der Kreisleitung des Jugendverbandes. Eine Ausnahme war nur die Zeit, in der ich offiziell als Lehrer in der Unterstufe und zunehmend auch in dringenden Fällen als Aushilfe in höheren Klassenstufen, Schüler unterrichtete. Es gab nur dringende Fälle!

Grundsätzlich aber hatte ich andere Arbeitszeiten als meine Lehrerkollegen. Während sie mittags nach Hause gingen, verbrachte ich die Nachmittage an der Schule. Dafür hatte ich jeden Samstag frei.

Mein Job verpflichtete mich jedoch auch dazu, einen Teil der Sommerferien, wenn meine Lehrerkollegen blau machten, in einem der Kinderferienlager zu arbeiten, von denen etliche im Bezirk Rostock entlang der Ostseeküste verteilt waren und die der FDJ, oder trefflicher formuliert, der Pionierorganisation „Ernst Thälmann" unterstanden.

Unter anderem um diese Einsätze vorzubereiten, wurden alle Pionierleiter des Bezirkes Rostock, die es betraf, schon in den Winterferien zur Klausur in eines der Ferienlager nach Graal-Müritz bei Rostock beordert.

Abgesehen von ein paar wenigen Vorzeigegenossen, die aus allem, was dort beredet wurde, große Politik machten, waren wir dort eine gute und lustige Truppe.

Tagsüber wurden wir mit Vorträgen und Seminaren ideologisch auf Trab gehalten und abends haben wir uns dann den Kopf mit reichlich Alkohol wieder freigespült. Das konnten die jungen Frauen, die in Überzahl waren, genauso gut wie wir wenigen Männer.

Am vorletzten Tag dieses Wochenlehrganges sollte dann besprochen werden, wer im Sommer in welchem Ferienlager und in welcher Funktion zum Einsatz kommen sollte. Dafür waren dann auch die jeweiligen Leiter der Einrichtungen schon einen Tag vorher angereist. Schon am Abend beim feuchtfröhlichen Umtrunk im Club wurden erste Bündnisse geschmiedet.

Ich machte dem Chef des Ferienlagers aus Boltenhagen das Angebot, im Sommer bei ihm zu arbeiten und erwähnte nebenbei, dass ich dann auch mal die eine oder andere Disco für die Kinder machen könnte.

Damit hatte ich, ohne es zu ahnen, bei ihm eine offene Tür eingerannt. „Wenn Du mindestens für zwei Durchgänge zu uns kommst, bist Du unser Mann. Dann übernimmst Du den Lagerfunk und die Diskotheken!", streckte er mir die Hand entgegen.

Ich war begeistert. Da galt es nicht lange zu überlegen und ich schlug ein. Der Deal war gemacht. Am nächsten Tag teilten wir das Ergebnis unseres „Vorgespräches" auch dem zuständigen Kollegen von der Bezirksleitung mit. Er war einverstanden und lobte meinen Einsatzwillen.

In den nächsten Ferien, es waren die Frühjahrsferien Mitte Mai, wollte ich nach Boltenhagen reisen, um mir meine Arbeitsstätte für den Sommer anzusehen. So war es mit dem Kollegen ausgemacht.

Doch es kam wieder einmal anders als geplant. Eine Woche vor den Maiferien wurde ich kurzfristig zu meinem Chef in die Kreisleitung bestellt. Ich hatte keine Ahnung, worum es gehen könnte. Hatte ich vielleicht irgendwo die Klappe zu weit aufgerissen und mich in Ungnade geredet? Das konnte bei meinem losen Mundwerk schnell passieren. Vor allem nachdem der Alkohol meine Zunge gelöst hatte, fielen mir stets auf Anhieb die schärfsten politischen Witze ein.

Oder sollte ich wieder eine Gruppe ausländischer Gäste als Reiseleiter zu den Sehenswürdigkeiten der Insel führen, wie einige Wochen zuvor schon einmal die Jugenddelegation aus Finnland? Aber da hatte man mich auch erst zwei Tage vorher in der Schule angerufen.

Mit einem mulmigen Gefühl reiste ich per Bus und Eisenbahn in die Kreisstadt. Dort staunte ich nicht schlecht, auf einen Lehrerkollegen aus meiner Schule zu treffen, mit dem ich mich sehr gut verstand. Was sollte das? Hatte ausgerechnet er sich über irgendetwas, was mich betraf, beschwert - bei meinem Chef?

Mit solch einer Vermutung lag ich jedoch völlig daneben! Es hätte auch nicht zu ihm gepasst. „Schön dass Du kommen konntest", begrüßte mich mein Chef freundlich und fuhr fort: „Alles, was wir jetzt hier besprechen, muss vorerst auch in diesem Raum bleiben. Das geht draußen noch niemandem etwas an", eröffnete der für uns Pionierleiter zuständige Sekretär etwas geheimnisvoll das Gespräch.

Dann klärte er mich auf: Mein Kollege Klaus und seine Frau, die ebenfalls an unserer Schule unterrichtete, würden unseren Ort zum Ende des Schuljahres verlassen, verkündete er. Das hörte ich tatsächlich zum ersten Mal. So wurde mir dann auch bestätigt, dass ich außer der Direktorin, der einzige aus dem Lehrerkollektiv sei, der jetzt davon wisse.

Der Grund, warum ich überhaupt in dieses Geheimnis eingeweiht werden musste, wurde mir dann nach und nach erläutert. „Klaus wird ab Juli der neue Leiter eines zentralen Pionierlagers auf unserer Insel sein. Dafür braucht er jede Unterstützung. Wir möchten Dich bitten, im Sommer bei ihm in der Lagerleitung aktiv mitzuarbeiten. Wir wissen zwar, dass die Einsätze schon feststehen und Du für Boltenhagen vorgesehen warst. Aber Klaus möchte Dich unbedingt dabeihaben, am besten für die ersten zwei der drei Durchgänge! Wie siehst Du das?", fragte mein Chef mich.

Obwohl ich von ihm direkt angesprochen wurde, sagte ich lange Zeit gar nichts. Meine Gedanken fuhren Achterbahn. Einerseits schmeichelte mir das Angebot, zeigte es doch, dass mein Kollege viel von mir hielt.

Aber dann war da auch noch die Vorfreude auf den Job des Lagerfunkers und Diskothekers in Boltenhagen. Ich konnte mich doch nicht zerreißen.

Schließlich lehnte ich mit dem Ausdruck des Bedauerns ab und erklärte, dass ich meine Zusage für Boltenhagen nicht einfach so zurückziehen könnte. Immerhin würde der Kollege dort mit mir schon planen. Jemand, der die Technik für den Lagerfunk bedienen könne, sei bestimmt schwerer zu bekommen, als jemand, der als Stellvertreter oder Kulturchef in der Lagerleitung mitarbeiten könnte, argumentierte ich.

Doch dieses Argument hatte nicht lange Bestand, denn mein Chef versicherte mir, dass die „Genossen in Rostock", womit die Abteilung Pioniere in der FDJ-Bezirksleitung gemeint war, das Problem schon inzwischen geklärt und einen Ersatz für Boltenhagen gefunden hätten. Damit sei der Weg frei für meine Mitwirkung in der Lagerleitung von Klaus. Aber zwingen wolle man mich dazu nicht, versicherte der Sekretär und schlug als Kompromiss vor, dass ich wenigstens den ersten Durchgang auf der Insel bei Klaus bleiben sollte, für den zweiten frei bekäme und im dritten Durchgang immer noch nach Boltenhagen gehen könnte. Das Hin und Her aber gefiel mir dann auch nicht.

Um der langen Diskussion ein Ende zu bereiten, ließ ich mich erst einmal darauf ein, in den bevorstehenden Frühjahrsferien zusammen mit Klaus in sein Ferienlager zu fahren, um dort vor Ort auszuloten, wie meine Aufgabe im Sommer bei ihm aussehen könnte. Eine feste Zusage war das noch nicht. Das Hintertürchen mit dem dritten Durchgang in Boltenhagen ließ ich mir für alle Fälle noch offen.

Doch schon ein paar Tage später wurde die Frage meines Sommereinsatzes vollständig geklärt. Klaus hatte mich in seinem Pkw mitgenommen. Wir waren nicht die einzigen, die sich zur Vorbereitung des Sommers in dem Ferienlager auf der Halbinsel Mönchgut, südlich des Ostseebades Göhren, trafen. Den beigefarbenen Kleinbus Barkas von der Bezirksleitung aus Rostock kannte ich schon aus Graal-Müritz. Er stand direkt vor dem Clubcafe, das sich im Anbau neben dem großen Saal und dem Küchentrakt am Eingang des Lagers befand.

Neben den beiden Kollegen aus Rostock begrüßten wir ein halbes Dutzend Frauen und Männer, die es sich schon im Clubraum bei Kaffee und Kuchen gemütlich gemacht hatten. Einige kannte ich schon von der Klausur im Februar. Aber einen der wichtigsten Personen vor Ort lernte ich jetzt kennen.

Als ein großer kräftiger Mann, etwa Mitte Vierzig, eintrat, sprang der Abteilungsleiter aus Rostock sofort auf und begrüßte den Mann fast ein wenig unterwürfig, dann stellte er ihn vor: „Alle anderen kennen ihn ja schon. Das ist Günter. Er ist hier der Wirtschaftsleiter und sorgt für das Materielle und ist damit unser Verbindungsmann zum Trägerbetrieb, bei dem er auch angestellt ist."

Worauf der Vorgestellte sofort ergänzte: „und dem er auch allein unterstellt ist." Der Wirtschaftsleiter musterte mich von oben bis unten, nachdem der Rostocker mich ihm vorgestellt hatte. Dann gab er erst Klaus, danach mir die Hand und entschuldigte sich: „Ich habe keine Zeit zum Schwatzen, ich muss noch arbeiten." Schon war er wieder draußen, ging in Richtung Saal.

Klaus, der den Wirtschaftsleiter schon vorher kennengelernt hatte, erklärte mir leise: „Er ist ein bisschen kurz angebunden." Dann ergänzte er: „Aber dafür kann er sehr gut organisieren. Im Trägerbetrieb, im Fischkombinat in Saßnitz, hat er einen guten Stand und einflussreiche Freunde. Das kann nur gut für uns sein."

In der Runde der künftigen Mitglieder der Lagerleitung wurden zunächst die Aufgaben für die ersten beiden Durchgänge verteilt. Der dritte Durchgang, der überwiegend mit Kindern von der Insel und Gästen des Trägerbetriebes besetzt war, wurde offenbar lockerer angegangen. Ich atmete auf, als ich erfuhr, dass die Posten der jeweiligen Stellvertreter schon vergeben waren an zwei langjährig erfahrene Kollegen. Wenigstens dieser Kelch war an mir vorübergegangen.

Ich sollte „für besondere Aufgaben" einsetzbar bleiben, so formulierte es Klaus offiziell in der Runde und nachdem ein Teil der Kollegen mit dem Barkas das Lager schon wieder verlassen hatte, witzelte er: „Rolf, du bist für das Abendprogramm der Leitung zuständig, du weißt schon, die drei W!"-

„Die drei was?" – „Witze, Whisky und Weiber!". Mein Kollege entpuppte sich als Spaßvogel.

Dann kam Günter nochmal herein und fragte, ob wir ihm noch etwas helfen könnten. „Im hinteren Raum im Leitungsgebäude stehen lauter Kisten durcheinander. Das muss alles mal ein bisschen freigeräumt werden. Morgen kommen Leute, die da ranmüssen und Baufreiheit brauchen."

Etwas Abwechslung konnte nicht schaden, dachte ich mir. Denn der Abend würde noch lang werden. Für uns waren Quartiere in zwei Bungalows hergerichtet worden. Zurück in den Norden der Insel sollte es frühestens am nächsten Tag gehen.

Als Günter uns den Raum am Ende des Ganges im länglichen Leitungtrakt aufschloss, dachte ich, ich würde träumen. Dort standen teilweise in offenen Kartons, teilweise in durchsichtiger Plastikfolie eingepackt, lauter technische Geräte.

Es waren Geräte aus dem Bereich der Tontechnik: drei Plattenspieler der teureren Sorte, ebenso viele Tonbandgeräte, mehrere Module einer Verstärkeranlage, wie ich sie schon einmal in dem Technik-Robur der NVA beim „Kleinen Festival" gesehen hatte.

Dazu gehörte ein für damalige Verhältnisse riesiges, etwa 1,20 Meter breites Mischpult in einem Metallgehäuse mit der Bezeichnung KSG 625. Auch das ähnelte etwas dem aus dem Robur, sah aber noch moderner aus. Es hatte zwölf Vorstufen, die mit Schiebereglern und Drehknöpfen eingestellt wurden. So befanden sich am gesamten Mischpult insgesamt über 80 Knöpfe. Soweit ich das bei dem Gerät, das ebenfalls in durchsichtiger Folie eingeschweißt war, ausmachen konnte.

Ich bekam den Mund vor lauter Staunen kaum wieder zu. „Das ist alles für unser neues Lagerfunkstudio. Morgen kommen die Techniker von der Leipziger Firma, die das Mischpult hergestellt haben und bauen uns das zusammen."

Als ich meine Sprache allmählich wiederfand, fragte ich mit einer riesigen Portion Neid in meiner Stimme: „Wer ist denn bei Euch der glückliche Lagerfunker, der das alles bedienen darf?"

Die beiden sahen erst sich, dann mich an, grinsten breit und sagten dann gemeinsam zu mir: „Du!".

Mir wurde kalt und heiß zugleich, ich fand keine Worte, meine Gedanken ließen sich nicht sortieren. Offenbar hatte Klaus das schon länger gewusst, mutmaßte ich.

„Die Sache hat aber einen Haken: Wenn Du Dich bereiterklärst, mindestens zwei Durchgänge zu bleiben, dann machst Du den Lagerfunk!" bot Klaus mir an, wobei Günter sofort nachlegte und meinte, dass es ihm lieber wäre, die neue Technik läge komplett in einer Hand. „Ich kenne in Saßnitz da noch einen…"

Ich unterbrach ihn: „Zwei Durchgänge hier für den Lagerfunk, das geht nicht", sagte ich, während Klaus mich lauernd ansah. Wahrscheinlich rechnete er nun mit meiner Absage. „Das will ich auch nicht, dass da ein anderer dran rumwerkelt. Ich komme für alle drei Durchgänge hierher", sagte ich mit kratziger Stimme fest zu. Worauf mir beide Männer auf die Schulter klopften und Günter sagte: „Na geht doch!"

Danach räumten wir tatsächlich noch gemeinsam etwas auf. Wir schlossen die einzelnen Geräte in einen anderen Raum ein, damit die Tontechniker aus Leipzig auch die nötige Baufreiheit bekamen. Am nächsten Tag, so trug mir Günter noch auf, hätte ich dann unbedingt noch eine Fleißaufgabe zu erledigen. Sämtliche Geräte, das ganze Zubehör und auch die unzähligen Schallplatten, die noch in anderen Räumen lagerten und die ich noch gar nicht gesehen hatte, seien zwar buchtechnisch schon erfasst. Aber für das „Studio", er benutzte tatsächlich dieses Wort, sollte ich eine Art Inventarliste und dann nochmal für jedes Gerät Karteikarten für eine mögliche leihweise Verwendung anlegen.

Da ich selbst neugierig war, was alles zum Bestand meines neuen Wirkungsbereiches gehören würde, freute ich mich schon auf die Inventur. Auch wenn ich ahnte, dass ich am nächsten Tag wohl noch nicht wieder hier wegkommen würde. Doch nun war erst einmal Feierabend. Gemeinsam mit den beiden Kolleginnen, die noch mit dortgeblieben waren und die inzwischen einen Spaziergang am Strand absolviert

126

hatten, bereiteten wir uns einen vergnüglichen Abend im Clubraum. Grund zum Feiern hatte ich.

Nur Günter war nicht dabei. Er hielt nichts von solchen Trinkgelagen. Er zog sich in seine Wohnung zurück. Die befand sich in einer Villa auf einer kleinen Anhöhe hinter dem Speisesaal.

Für die Inventur ließ ich mir viel Zeit, ich blieb noch drei Tage, während Klaus schon zu seiner Familie zurückgefahren war. Ich hatte Glück, dass sich während dieser Zeit eine 40-köpfige Reisegruppe von einem Kooperationspartner des Fischkombinates im Lager aufhielt und den Rügener Frühling genoss. So konnten ich und eine der beiden Kolleginnen, die erfreulicherweise mit mir dortgeblieben war und mir auch nachts nicht von der Seite wich, als Gäste in die Vollverpflegung mit aufgenommen werden. Das Essen war große Klasse.

Als die Techniker von der PGH Elektro-Akustik Leipzig mit dem Einbau der Studioanlage KSG 625 fertig waren, durfte ich sie das erste Mal testen. Um keinen quälenden Krach über die beiden blechernen Druckkammerlautsprecher zu verursachen, die von der alten Anlage noch im Außenbereich montiert waren, schlossen wir zwei 600-Watt-Boxen an.

Es waren die gleichen wie aus dem NVA-Technikwagen. Unter den vier Mikrofonen, die noch original verpackt in kleinen Schachteln lagen, waren zwar keine der Marke Sennheiser. Dafür aber zwei der zuverlässigen dynamischen Allrounder, mit denen viele Diskotheker arbeiteten sowie für Studiozwecke zwei hochempfindliche Kondensatormikrofone von schlanker zylindrischer Bauart.

Der Klang der Anlage, über die ich erstmal nur Musik aus dem eingebauten Radio laufen ließ, war großartig und die Möglichkeiten, ihn mit dem Studiomischpult zu verändern, waren vielfältig. Mehr als eigentlich nötig war. Mir wurde bewusst, dass ich diese Anlage nie würde auch nur zur Hälfte ausreizen können. Leider war alles fest verbaut, mobil wäre mir das Mischpult, das allerdings auch einiges wog, noch lieber gewesen. Damit hätte ich vor meinen Diskothekerkollegen protzen können.

Für mobile Einsätze gab es eine kleinere Anlage mit zwei Boxen und einem Röhrenverstärker, ähnlich dem Regent 60 und eine noch kleinere Röhrenanlage, die zur Beschallung kleiner Räume völlig ausreichte. Bei den drei nagelneuen Tonbandgeräten handelte es sich um Vierspurgeräte polnischer Produktion.

Die ZK140 T waren Geräte, die auf Basis einer Grundig-Lizenz im Nachbarland hergestellt wurden. Gerade bei mobilen Diskothekern waren diese Geräte mit ihrem großen Drehschaltknopf sehr beliebt.

Auch wenn sie in der Klangqualität bei den Aufnahmen nicht ganz an die der Teslageräte herankamen, hatten die polnischen Geräte einen Vorteil: Sie waren unheimlich robust. Man konnte sie auch mal in einem Anhänger verstauen und damit einen Feldweg befahren. Das hielten sie aus.

Mein B100 und andere Geräte von Tesla waren hingegen recht anfällig schon bei kleinen Erschütterungen. Ständig löste sich irgendein Teil nach dem Transport, wenn man sie nicht behandelte wie ein rohes Ei.

Aber auch als ich gemeinsam mit meiner Kollegin, die Sammlung an Schallplatten durchsah und in die Inventurliste eintrug, gab es Grund genug zum Staunen. Offensichtlich bekam das Ferienlager über die Beschaffungsstelle des Fischkombinates so ziemlich jede Platte, die in letzter Zeit beim DDR-Plattenlabel Amiga erschienen war, frei Haus geliefert.

Dagegen war unser Diskotheker-Service im Plattenladen ein Klacks. Von Klassik über Jazz und den Alben aufkommender ostdeutscher Bands bis hin zu den begehrten Lizenzplatten, die Amiga gelegentlich ins Programm nahm, war alles dabei. Jede Platte war noch in einer Papiertüte extra verpackt und noch nie abgespielt worden.

Nur in einem Stapel, den ich in einem alten Schrank fand, befanden sich etwa zwei Dutzend benutzter Langspielplatten, von denen einige ziemlich zerkratzt waren. Hier waren keine aktuellen Gassenhauer oder Amiga-Lizenzscheiben darunter, dafür aber ein paar Hitsampler mit gecoverten englischen Titeln, offensichtlich aus polnischer Produktion.

An neuen Platten kamen etwa 120 LPs und 20 Singles zusammen. Nachdem ich sie entsprechend ihrer Möglichkeit zur

Verwendung sortiert hatte, blieben immerhin noch gut 25 LPs und 5 Singles in der Kategorie „discotauglich" übrig.

Schade nur, dass ich das alles nur in meinem Sommerjob würde anwenden können, meinte ich zu meiner Helferin.

Dann stand Günter plötzlich in der Tür und meinte: „Das Studio wird nicht lange in diesem Raum bleiben. Höchstens noch diesen Sommer. Im nächsten Jahr bauen wir neu. Da müssen wir uns dann im Herbst mal zusammensetzen, damit Du mir sagen kannst, was wir in dem neuen Studio alles brauchen und wie wir das am besten bauen können. Wenn Du dazu an Technik noch irgendetwas brauchst, dann sag es rechtzeitig. Aber komme damit am besten gleich zu mir. Umwege kosten nur Zeit".

Ich wusste nicht, was ich sagen sollte, stotterte ein „Ja, danke" zurecht. Denn ich hatte doch alles, was ich brauchte für einen tollen Sommerjob. Erst etwas später wurde mir klar, dass Günter offenbar noch langfristiger mit mir rechnete. Warum sonst sollte ich ihm im Herbst noch sagen, was man noch alles braucht fürs neue Studio?

Gerade in einer längeren Zusammenarbeit mit dem Kinderferienlager lag für mich eine große neue Chance als Diskotheker. Das begriff ich im Mai 1976 nur noch nicht in vollem Umfang.

10. Kapitel

Es werde Licht

Frohen Mutes kehrte ich ins Dorf meiner Schule zurück. Ich hatte nun allen Grund, mich auf meinen Sommerjob zu freuen. Im Lehrerkollegium kam es allerdings nicht so gut an, als ich verkündete, dass ich die ganzen Sommerferien über im Pionierlager arbeiten würde. So stand ich für die Organisation und Betreuung der Ferienspiele an der eigenen Schule nicht zur Verfügung.

Außerdem musste ich noch irgendwie einen Teil meines Jahresurlaubs loswerden. Deshalb meldete ich mich für die zweite Junihälfte gleich ab. Die wollte ich nutzen, um zu meinen Eltern nach Hause zu fahren und dort möglichst viel neue Musik aufzunehmen.

Auch fing ich an, mich etwas mehr für Lichttechnik zu interessieren. Denn immer mehr Kollegen setzten auf Lichteffekte. Wenn man sah, was das Team von „Disco Future" alles an Licht zum Einsatz brachte, konnte man neidisch werden. Aber soweit war ich noch nicht. Ich probierte es erst einmal mit einer sehr einfachen Variante.

Die Idee dazu kursierte mal in unserem Lehrgang am Kreiskulturhaus als Lösung für „kleine Räume". Zusammen mit Kurt, dem Hausmeister an meiner Schule, machte ich mich zunächst an die Planung. Viel Material wurde gar nicht benötigt. Für den Anfang und zum Test sollten es erstmal nur vier „Leuchtkörper" mit flackerndem bunten Discolicht werden.

Als „Lampengehäuse" dienten kleine eckige Kuchenformen aus glänzendem Aluminiumblech, das jedes Licht sehr gut reflektierte. Diese Formen lagen in verschiedenen Größen im Haushaltsladen sogar herum. Ein paar Fassungen und bunte Glühbirnen, Kabel, Stecker und Steckdosen kaufte ich im Heimwerkerladen in Saßnitz. Dort nahm ich auch die wichtigsten Bauteile mit, die das Licht zum Flackern bringen sollten – kleine weiße Zylinder aus Plastik und mit einem mir unbekannten Inhalt, die sonst als Starter für Leuchtstoffröhren zum Einsatz kamen.

Für das „Schaltpult" brauchte ich dann nur noch ein paar Kippschalter. Das Sperrholz dazu bekam ich von Kurt.

Der Hausmeister war ganz besessen von der Idee, zusammen mit mir eine „Lichtanlage" für die Disco zu bauen.

Nachmittags, wenn die Kollegen schon Feierabend hatten, machten wir uns gemeinsam ans Werk. Ich kann heute nicht mehr genau erklären, wie die Starter mit den Glühlampen und der Stromquelle verbunden wurden. Ich erinnere mich aber daran, dass sowohl die Starter als auch die Kippschalter und die vier Steckdosen für die Lampen im Schaltkasten untergebracht waren. Dass alles ordentlich aussah, dafür hatte Kurt mit seinen Handwerkerhänden gesorgt.

Gleich beim ersten Test flackerten alle vier bunten Lampen munter drauf los. Für den Flackereffekt sorgten die Starter. Doch unsere Begeisterung wurde gedämpft, als ich im Werkraum, den wir für unsere Bastelei genutzt hatten, das Radio anschaltete. Vor lauter Knistern war von Musik kaum etwas zu verstehen. Nun waren wir in dem Ort, wo unsere Schule stand, ohnehin Funkstörungen gewohnt, für die meistens die großen Sendemasten von „Rügen-Radio"*[7] verantwortlich waren.

Aber dieses Knistern war anders und wir ahnten auch schon, woher es kam. Als ich die „Lichtanlage" ausschaltete, war der Radioempfang in Ordnung. Kurt holte noch ein Verlängerungskabel aus seiner Werkstatt und suchte eine Stromquelle in benachbarten Räumen. Tatsächlich war das Knistern jetzt geringer, aber immer noch leise hörbar. Also wurden wohl auch die Radiowellen gestört. „Du solltest darauf achten, dass der Schaltkasten nicht denselben Stromkreis nutzt wie die Tonanlage", gab Kurt mir als weisen Tipp mit auf den Weg.

Bei den nachfolgenden Einsätzen in kleineren Dorfkneipen, die ich mit der Leihanlage des Kneipers hatte, nahm ich meine bunten Lichter mit. Aber so richtig zur Geltung kamen sie nicht. Auch stand nicht immer ein zweiter Stromkreis vor Ort zur Verfügung. Ich verzichtete bald schon auf meine Kuchenform-Lichtorgel und vermachte sie unserer Arbeitsgemeinschaft „Junge Diskotheker" an der Schule. Für eine Klassenparty war's okay, für eine richtige Disco wirkten sie einfach zu primitiv.

Was aber an Licht in jener Zeit immer zum Einsatz kam, war die sogenannte UV-Lampe, heute eher unter dem Begriff „Schwarzlicht" bekannt.

Die großen eiförmigen dunkelvioletten Lampen steckten in einem Gerät, zu dem ein kiloschwerer Trafo gehörte. Ich hatte meine Lampe einem Gastwirt abgeschwatzt, der sie nach der Renovierung seines Saales auf den Müll werfen wollte. Die Lampe hatte so viel Power, dass im Saal, alles was weiß war – vom Hemd bis zur Tischdecke, violett zu leuchten anfing.

Wenn dann eine junge Frau einen weißen BH unter ihrem vielleicht nicht so engmaschigen Pullover trug, dann fing auch der an unterm Pullover violett zu leuchten. Manchmal hatte ich den Verdacht, dass einige weibliche Gäste sich wegen des UV-Effektes gezielt so kleideten. Als dann noch die reflektierende Plakatfarbe in den Handel kam, konnten mit Hilfe der Lampe noch bessere Leuchteffekte erreicht werden. So fertigte auch ich mir später aus Holzlatten, Fahnentuch, Latexfarbe und den bunten Farben einen Aufsteller an.

Der wurde bei mobilen Einsätzen vor den mit Technik beladenen Tisch gestellt und sorgte für ein aufgeräumtes und leuchtend buntes Bühnenbild.

Auch Jahrzehnte später, nach der Wende, setzte ich gelegentlich Schwarzlicht bei der Disco ein. Allerdings kamen die modernen Röhren und Lampen an die Intensität meiner alten UV-Lampe aus DDR-Zeiten nie heran.

Das Kapitel Lichtanlage beschäftigte mich damals aber weiter. Eines Tages kaufte ich dann eine komplette und gar nicht mal so schlecht funktionierende „Lichtorgel" für 500 Mark von einem Kollegen ab, der alles verkaufte, weil er aus gesundheitlichen Gründen aufhören musste.

Das Faszinierende an dieser Anlage war, dass das Licht immer im Takt der Musik leuchtete, ohne dass dazu eine komplizierte teure Steuereinheit, angeschafft werden musste.

Der Lichteffekt bestand aus zwei Kanälen, einem „aktiven" Kanal, an dem über einen Verteiler bis zu vier Lampen betrieben werden konnten und einem „passiven" Kanal.

Die Lampen ähnelten Autoscheinwerfern und gaben starkes Licht – kein Vergleich zu meinen bunten Glühbirnen in den Kuchenformen.

Das Problem war nur, dass sie eine hohe Temperatur entwickelten und damit im Laufe der Zeit den durchsichtigen Farblack auf den Streuscheiben verbrannten. So mussten sie ständig nachgefärbt werden. Die Spezialfarbe, die Tauchlack genannt wurde, war nur schwer zu beschaffen.

Etwas kurios war der Vorgang, wie die Kanäle durch die Musik gesteuert wurden. Dafür musste erst einmal von einem Lautsprecherausgang des Verstärkers eine kleine Leitung abgezweigt werden. Die wiederum war durch eine Steckverbindung mit dem Lichtschaltgerät, das auf dem Discopult stand, verbunden.

Der Abzweig erfüllte den Zweck, den vor allem bei kräftigen Bässen reichlich fließenden Strom in das Gerät zu leiten. Dort wurde von dem abgezweigten Strom eine kleine Glühbirne – dabei handelte es sich um eine typische Fahrradglühlampe – zum Leuchten gebracht.

Davon wiederum wurde im Gerät eine Fotozelle in Gang gesetzt, die dann im Nachgang für die Schaltung des Impulses für den aktiven Kanal zuständig war. Der passive Kanal war immer dann eingeschaltet, wenn die anderen Lampen nicht leuchteten.

Mit der vom passiven Kanal angesteuerten Lampe ließ ich mich oder meinen Aufsteller anleuchten und die Lampen des aktiven Kanals richtete ich auf die Tanzfläche.

So leuchtete es immer dann bunt im Saal, wenn der Bass, der bekanntlich den Takt angibt, den Strom für meine Lampe lieferte. Da dieser Strom aber in seiner Stärke nie konstant war, sondern stets nach Stärke des Basses schwankte, musste vor allem darauf aufgepasst werden, dass die kleine Glühlampe nicht zu viel Saft aus dem Verstärker bekam. Dann brannte sie durch.

Um das zu verhindern, befand sich am Vorderteil des Schaltgerätes ein Drehschalter, der den Widerstand zwischen Bassstrom und Lampe regelte. Bei stark basslastigen Titeln wie „New York Groove" musste dann eben etwas mehr Widerstand dazu gegeben werden.

Für die empfindliche Fotozelle im Innern reichte auch eine mäßig leuchtende Lampe, um die Kanäle anzusteuern.

Trotz des Potenziometers war es jedoch nie ganz zu verhindern, dass die Glühlampen durchbrannten. Da auch ich selten allein auf Discotour ging und meistens einen „Techniker" aus meinem Bekanntenkreis als fleißigen Helfer dabeihatte, gehörte es dann zu seiner Aufgabe, das Übersteuern der Lampe zu verhindern oder im Ernstfall die Glühlampen zu wechseln.

In meinem Technikkoffer hatte ich immer eine Handvoll Lampen dabei. Fast immer! Denn einmal, an einem verregneten Sonntag, als ich einen wichtigen Termin in einem Discoklub in der Kreisstadt absolvierte, zu dem ich neben der Leihanlage auch meine neue Lichtanlage mitnahm, gingen uns die letzten Glühlampen schon beim Soundcheck zwei Stunden vor Beginn der Mugge aus.

Also beauftragte ich meinen Techniker Karsten, irgendwo in der Stadt ein paar neue Glühlampen aufzutreiben. „Wo soll ich die jetzt herbekommen, an einem Sonntag und bei dem Wetter?" fragte er berechtigt.

Ich wollte aber gerade in dem dunklen Jugendclub auf die Lichtorgel nur ungern verzichten. Denn es war keine ganz normale Mugge. Für mich stand die nächste Einstufung auf dem Programm. Da durfte nichts schiefgehen. Ich gab Karsten einen 20-Mark-Schein und sagte: „Du wirst doch sicher irgendwo ein paar Jugendliche oder Kinder antreffen, die mit ihrem Fahrrad unterwegs sind und Taschengeld gebrauchen können. Kauf ihnen die Lampen meinetwegen ab! Aber versuche wenigstens drei Glühbirnen aufzutreiben. Dann müssen wir heute eben etwas besser aufpassen und die Bässe ein bisschen reduzieren."

Karsten nickte nur und zog los. Draußen nieselte es noch immer. Nach gut einer Stunde, aber noch rechtzeitig genug, kam er wieder zurück, öffnete seine lederne Umhängetasche und holte drei komplette Fahrradlampen, zwei davon sogar mit Halterung, heraus. Er grinste mich an und sagte: „Hier die drei Lampen", die legte er auf dem Tisch ab, dann langte er mit der rechten Hand in seine Hosentasche und zog den 20-Mark-Schein heraus und legte ihn ebenfalls auf den Tisch.

„Den habe ich nicht gebraucht". Er hatte seinen Auftrag erfüllt. Wie er das konkret gemacht hatte, wollte ich von ihm gar nicht wissen. Ich konnte es mir aber denken.

Die Prüfung, zu der ich dieses Mal ein einstündiges Programm absolvierte, bei dem das Thema „Reisen" im Vordergrund stand und besungene Reiseziele wie Prag, Moskau, Ungarn und Kuba eine Rolle spielten, bestand ich mit Bravour und bekam die „B-Stufe" zuerkannt.

11. Kapitel

Paradiesische Zustände

Als ich nach meinem Urlaub Ende Juni 1976 vom Festland wieder auf die Insel reiste, hatte ich dank meiner Mutter saubere Klamotten für mehrere Wochen dabei und für künftige Auftritte als Diskotheker genug aktuelle Hits, internationale ebenso wie deutsche Schlager.

Daran, dass auch junge Leute gern nach eingängigen deutschen Schlagern tanzten, wo sie dann auch noch mitsingen konnten, hatte ich mich inzwischen gewöhnt. Titel wie „Lieder der Nacht" (Marianne Rosenberg) oder „Ein Bett im Kornfeld" (Jürgen Drews) wurden zu wahren Eisbrechern auf der Tanzfläche.

Ich fuhr bis zur Kreisstadt mit dem Zug, dort wurde ich zusammen mit anderen Kollegen der Lagerleitung vom Fahrdienst des Ferienlagers abgeholt. In meiner neuen „Sommerresidenz" bekam ich von Klaus gleich zwei Schlüssel in die Hand gedrückt. Der eine war der vom Lagerfunkstudio, der andere vom Zimmer gegenüber. Es stand zwar ein Doppelstockbett drin, aber ich hatte es ganz für mich allein.

„Wer den ganzen Sommer bei uns bleibt, wird auch bevorzugt bedient", meinte der Lagerchef grinsend. Das andere Leitungspersonal wurde zu zweit in derselben Baracke untergebracht. Ich machte mir gar nicht erst die Mühe, meine Sachen in den Schrank zu räumen.

Mein Gepäck, wozu zwei Koffer und zwei große Taschen gehörten, stellte ich mitten in den Raum und dann wandte ich mich schon der gegenüberliegenden Tür zu.

Das Lagerfunkstudio, dass ich ein paar Wochen zuvor noch etwas aufgeräumt hatte, war schon wieder mit Kartons und in Plastikfolie verpackten Geräten zugestellt. Ich kam kaum durch, so voll war der kleine Raum. „Da sind noch ein paar Sachen gekommen, die müssen noch erfasst und einsortiert werden", meinte Klaus, der mitbekommen hatte, wie ich den Raum aufschloss.

Zur Neuware im Studio gehörten unter anderem zwei neue mobile Verstärkeranlagen des Herstellers Vermona aus Klingenthal im Vogtland. Ein Regent 600 und ein Regent 1000 warteten darauf, von mir eingesetzt zu werden.

Vorher waren sie noch in die Inventarliste einzutragen, ebenso wie das Dutzend neuer Schallplatten, das auf einem der Kartons abgelegt war.

„Wie macht Günter das? Wo bekommt er all die Sachen her und woher weiß er, dass wir das hier gut gebrauchen können. Ich hatte ihm nichts gesagt", sprach ich Klaus an. Der entgegnete: „Günter regelt das alles mit den Leuten vom Einkauf im Kombinat oder direkt mit den Firmen, wo er Sachen besorgt. Für die Leute im Werk von Klingenthal werden dann eben ein paar Bungalows freigehalten, im dritten Durchgang, wenn nicht so viele Schülergruppen kommen." Das Prinzip „Vitamin B" funktionierte offenbar auch hier ganz gut. Zu meiner anderen Frage meinte Klaus: „Du hattest ihm zwar nicht explizit gesagt, was gebraucht wird. Aber Du erinnerst Dich, dass wir beide darüber gesprochen haben? Das mit den Regent-Verstärkern habe ich dann gleich am nächsten Tag an ihn weitergegeben".

Als zwei Tage später die ersten Kindergruppen mit ihren Betreuern im

Ferienlager eintrafen, hatte ich mich schon etwas in meinem Studio eingerichtet.

Den Lagerfunk zu betreuen, das bedeutete unter anderem, dass jeden Morgen um 7 Uhr das ganze Lager von mir per Lautsprecher zu wecken war. Das war technisch anfangs noch nicht möglich.

Zum mehrere Hektar großen Lager am Ostseestrand gehörten zwei moderne Teillager, im offiziellen Sprachgebrauch der Pionierorganisation waren es die sogenannten „Freundschaften". Diese bestanden aus mehreren Bungalows, in denen komplette Schulklassen, getrennt nach Mädchen und Jungen und deren Betreuer schliefen. Jedes Teillager verfügte dann noch über ein Mehrzweckgebäude mit Kulturraum, Sanitäranlagen, Lagerräumen und einem Aufenthaltsraum für die Betreuer.

Wer es ganz romantisch haben wollte, der zog in die Zeltstadt, das dritte Teillager ein, das aus großen Armeezelten bestand, in denen ebenfalls ganze Gruppen Platz hatten. Wenn die Teillager voll besetzt waren, kamen jeweils gut dreihundert junge Bewohner zusammen.

Aber um jeden Morgen das Lagerleben per Lautsprecher in Gang setzen zu können, mussten noch erst die technische Voraussetzungen geschaffen werden.

Die beiden einzigen fest montierten Lautsprecher, die mit meinem Studio verbunden waren, befand sich außen an der Leitungsbaracke. Damit waren die im hinteren Bereich des Areals angelegten Teillager jedoch nicht zu erreichen. Dabei waren auch dort schon an den Mehrzweckhäusern Außenlautsprecher angebracht.

Allerdings fehlte noch eine Kabelverbindung von meinem Studio bis zum Mehrzweckhaus im ersten Teillager. Das mehradrige Kabel sollte unterirdisch verlegt werden, denn eine provisorische Verbindung war zuvor von einem Lkw abgerissen worden. Günter bat mich, dass ich mich selbst darum kümmern sollte.

Um den etwa 100 Meter langen Graben für mein Lautsprecherkabel anzulegen, brauchte ich also Helfer. Auch wenn es relativ leicht war, in dem sandigen Boden zu buddeln, wollte ich es nicht alleine tun. Das technische Personal aber war spätestens seit

Anreise der Kindergruppen mit anderen Aufgaben beschäftigt.

Meine Helfer fand ich schließlich in einer Jungentruppe aus Hamburg. Die jungen Gäste gehörten zu einer etwa 80-köpfigen Delegation des westdeutschen Jugendverbandes SDAJ.

Mit dem Zug waren die Kinder und ihre Betreuer von Hamburg bis nach Rostock gereist. Dort wurden sie mit Bussen abgeholt und auf die Insel gebracht worden. Ich sprach die sechs Jungen und ihren Gruppenleiter, einen Lehrerstudenten aus Buxtehude, an und fragte, ob sie nicht Lust hätten, mir am Nachmittag beim Buddeln zu helfen. Die Hamburger Jungen, alle so um die 12 Jahre alt, sagten spontan zu und kamen am Nachmittag auch zum vereinbarten Treff.

Vom Wirtschaftshof hatte ich Schaufeln, Spaten und Schubkarren besorgt und zwei Dutzend belegte Brötchen und reichlich Limonade als Proviant.

Das Buddeln war in zweieinhalb Stunden erledigt, weil spontan noch eine zweite Gruppe dazugestoßen war. So konnten die Jungen sich ablösen.

Am Ende bekamen alle zur Belohnung noch eingezuckerte frische Erdbeeren aus der Küche.

In der Lagerleitung wurde ich am nächsten Morgen für die Aktion heftig kritisiert. „Kinderarbeit" das ginge gar nicht und dann auch noch mit den Gästen aus Hamburg. Unverantwortlich sei das, meckerte eine Pionierleiterkollegin.

Die Jungs aber störte es nicht. Sie schauten öfter mal bei mir im Funkstudio vorbei und erkundigten sich, wie weit das Projekt Lautsprecher denn sei. Dank ihrer Hilfe konnten auch die hinteren Systeme zwei Tage später angeschlossen und meine erste „Sendung" für das gesamte Ferienlager konnte gestartet werden.

Dreimal am Tag fuhr ich mein eigenes Programm, einen Mix aus Musik und Informationen zum Ferienlager. Natürlich habe ich bei diesem öffentlichen Job dann auch die 60:40-Regel eingehalten. Als ich Lieder von DDR-Bands wie Renft abspielte, kam dann auch schon mal einer von den Hamburger Jungs vorbei und fragte mich durchs offene Studiofenster, was das denn für eine eigenartige Musik gewesen sei.

Um den Start in den Tag für alle schwungvoll gestalten zu können, schnitt ich mir in meinem Studio extra ein Band zurecht.

Morgens um 7 Uhr sendeten nämlich alle Radiosender der DDR Nachrichten, die ich zwar auch über meinen Funk zu verbreiten hatte, aber damit wollte ich den Tag nicht gleich beginnen lassen.

Ich nahm deshalb von einem Sender um 7 Uhr den obligatorischen Piepton und die Ansage „Es ist sieben Uhr!" auf Band auf. Danach kam auf dasselbe Band der Titel „Guitar King" von „Hank The Knife and The Jets". Der brachte auch den müdesten Träumer am Morgen in Schwung.

Dieses Band startete ich jeden Morgen synchron mit dem Zeitzeichen im Radio. Während das Band mit dem musikalischen Weckruf und zwei weiteren Stücken lief, zeichnete ich vom Berliner Rundfunk die Kurznachrichten auf. Die schickte ich dann später nach meiner Weckrunde und Informationen zum Tagesablauf durch die Lautsprecher.

Das System funktionierte gut und bewährte sich auch in den Folgejahren, wo dann auch mal andere Titel als Weckmusik zum Einsatz kamen wie unter anderem „Magic Fly" von „Space".

Nur einmal ging es mächtig schief. Ich hatte nach einer langen durchzechten Nacht morgens die erste Viertelstunde verschlafen.

Für den Zeitabgleich war es zu spät. Noch etwas umnebelt stürzte ich ins Studio, schaltete die Anlage an, wo das Band schon auf dem Gerät zurechtlag. Nur vergaß ich, das darauf konservierte Zeitzeichen wegzulassen. Also tönte es um 7.16 Uhr aus den Lautsprechern: „Pieeeep! Es ist 7 Uhr!" Dann folgte die Musik.

Im gesamten Lager schauten Betreuer, Rettungsschwimmer und andere vom Personal ungläubig auf ihre Uhren. Viele von ihnen stellten sie auf 7 Uhr zurück.

Der ganze Tagesablauf für 600 Kinder und Erwachsene verzögerte sich, weil ich verpennt hatte. In der Küche, wo man von meinem Fauxpas gar nichts mitbekommen hatte, wartete man verwundert mit dem Frühstück auf die ersten Gruppen.

Im Kollektiv der Lagerleitung nahmen sie es gelassen. Mich erwartete bei solch einem Vergehen ohnehin die Höchststrafe. Am Abend in der Clubkneipe des Ferienlagers hatte ich eine Flasche Schnaps auf den Tisch der Lagerleitung zu stellen.

Das war übliche Praxis. Im Grunde wurde jeden Tag nach einem Übeltäter gesucht, der am Abend die Flasche Wodka bezahlte. Nun war ich eben mal dran. Aber das machte mir nichts aus, denn ich fühlte mich trotz der Panne wie im Paradies.

Ich hatte für die Discos, die ich fast jeden zweiten Tag für die Kinder des Ferienlagers im Speisesaal oder für kleinere Gruppen in einem der Kulturräume veranstaltete, alles, was ich brauchte. Auch machte es mir Spaß, meine eigenen „Sendungen" zu gestalten.

Da redete mir niemand rein. Dafür erwies ich mich auch technisch als zuverlässig, wenn es um die Beschallung von Appellen und der einmal im Durchgang in feierlicher Weise zelebrierten „Thälmann-Ehrung" ging.

Auch das gehörte zu meinem Job. Schließlich war ich in meiner Funktion auch ein bezahltes Werkzeug des Systems. Aber dagegen lehnte ich mich auch gar nicht auf.

Einen Arbeiterführer, den die Nazis im KZ umgebracht hatten, zu ehren, konnte auch nicht falsch sein. Ich hatte selbst zwar oft genug etwas am System zu meckern und brachte Kritik dort, wo sie nötig und möglich war, auch an. Auch wenn ich mich damit gelegentlich zu weit aus dem Fenster lehnte. Aber bei aller Kritik, die ich hatte, war ich zu DDR-Zeiten weder ein erklärter Dissident noch sonst irgendein „Widerstandskämpfer gegen die SED-Diktatur", zu denen nach der Wende rund 16,9 Millionen DDR-Bürger gehört haben wollen.

Ich habe das damals so gesehen: Ich hatte auf Kosten des Staates studieren können. Demzufolge musste ich ihm etwas zurückgeben und notfalls auch den Job als Pionierleiter machen.

Den damit einhergehenden zeitweiligen Ferienjob als Lagerfunker im Kinderferienlager sah ich als höhere Ehre an, von mir aus dann auch mit Fahnenappell und Thälmannehrung. Das konnte auch nicht jeder machen. Die Technik war bei mir schon in den richtigen Händen.

Mit den neuen Regent-Verstärkeranlagen wäre ich technisch auch in der Lage gewesen, gelegentlich auch extern Veranstaltungen abzusichern. Doch dazu brauchte ich die Zustimmung von Günter, dem Wirtschaftsleiter.

Ihn direkt danach zu fragen, traute ich mich aber noch nicht. Da kam mir der Zufall zu Hilfe. Aus einem der Fischerdörfer, wo bekannt war, dass ich den Sommer, ganz in ihrer Nähe im Ferienlager sein würde, kam ein Anruf für mich, den zufällig Günter in seinem Büro angenommen hatte.

„Du sollst Dich mal bei einem Tommy melden und sagen, ob Du am Freitagabend Disco machen kannst", richtete er mir aus.

Ich bedankte mich und meinte zu ihm, dass ich da absagen würde, weil ich momentan keine Anlage zur Verfügung hätte. „Dann nimm doch eine von unseren Verstärkeranlagen", bot Günter von sich aus an und erklärte, dass er mir das sowieso vorschlagen wollte. „Ihr bekommt doch immer so etwas wie Anlagengeld? Das Geld kannst Du dann immer hinterher bei Klaus ordnungsgemäß abrechnen. So lange Du bei uns den Lagerfunk machst, kannst Du die Technik auch nutzen, wenn Du sie brauchst."

Noch bevor ich nachfragen konnte, ergänzte er: „Das gilt auch im Winter, da steht sie hier sowieso nur rum. Wir müssen dann nur absprechen, wo und wie Du sie hier abholen kannst und wieder unterstellst".

Das war wieder mal so ein Glücksfall in meiner Diskotheker-Karriere. Ich konnte fortan die mobile Verstärkeranlage, die Tonbandgeräte, das Mikrofon, den Plattenspieler - nahezu alles - für meine Disco nutzen. Dafür musste ich lediglich die üblichen 25 Mark Technikgeld abrechnen.

Auf diese Weise wäre ich noch einige Jahre in der Lage, meinen Nebenberuf störungsfrei auszuüben. Nur um den Transport musste ich mich selbst kümmern. Aber da hatte ich meinen Kneiper und wenn der keine Zeit hatte, mich zu fahren, sprang ein Kollege von ihm ein.

Zu den paradiesischen Zuständen im Ferienlager an der Ostsee gehörte für mich als jungen ungebundenen Mann aber auch die Anwesenheit vieler gutaussehender junger Frauen und Mädchen.

Ob sie in der Küche arbeiteten, als Rettungsschwimmerinnen im Einsatz waren oder Kindergruppen betreuten – die Möglichkeiten, Bekanntschaften zu schließen und amouröse Abenteuer zu erleben, waren nahezu unerschöpflich.

Soweit es meine Zeit, mein Job und mein Nebenjob es damals erlaubten, nutzte ich diese Situation auch gern aus.

Als Diskotheker des Ferienlagers war ich ständig präsent. Bei Veranstaltungen auf der kleinen Freilichtbühne mit Zauberern, Puppenspielern und anderen Künstlern stellte ich meistens die Technik bereit.

Als DJ kannten mich alle spätestens nach der ersten großen Begrüßungsfete, auch die Betreuerinnen der Kindergruppen. Zu den Höhepunkten eines jeden Durchganges zählten zweifellos die abendlichen Feten für die Erwachsenen.

Zur Begrüßung, zum Bergfest in der Mitte des Durchganges sowie kurz vor dem Ende wurde der große Speisesaal für die Party hergerichtet. Die Betreuer wechselten sich an diesen Abenden mit dem Aufsichtsdienst bei den Kindern ab.

Für mich als Diskotheker war zunächst der Begrüßungsabend die wichtigste Veranstaltung, um erste Kontakte zu knüpfen und als Partymacher zu glänzen. Eine Disco lief damals selten nonstop mit Musik ab.

Meistens wurden zwischendurch kurze Pausen eingelegt, so wie man es von den Livebands, die zum Tanz aufspielten, noch gewohnt war. Auch gehörten Spieleinlagen und meine Tipprunde dazu.

Manchmal machte ich mir auch einfach nur meinen Spaß mit dem Publikum. Für den Auftakt in einem Durchgang lockte ich einmal die Tanzfreudigen mit der Ankündigung, dass das erste Tanzpaar zur Belohnung einen Räucheraal bekommen würde. Ein Betreuerpaar aus Sachsen, das nah an der Tanzfläche saß, sprang sofort auf und stellte sich auf der Tanzfläche bereit. Ich quälte sie mit irgendeinem wenig tanzbaren Titel, um sie dann zu erlösen, indem ich sie auf die Bühne bat, um ihre Belohnung abzuholen.

Die bestand natürlich nicht aus einem Räucheraal, sondern aus einer geräucherten Flunder. „Ooops, da wurde der Aal von den Urlaubern wohl etwas breitgetreten", lautete meine Ausrede. Das Paar machte den Spaß mit und freute sich auch über die geräucherte Flunder, die frisch aus der kleinen Räucherei des Ostseebades stammte.

Beim Bergfest kündigte ich dieselbe Belohnung an: „Einen Räucheraal gibt es heute für das erste Tanzpaar".

Auch dieses Mal fand sich sofort ein tanzfreudiges Paar aus dem Süden, was dann dieses Mal von mir einen Bückling (geräucherter Hering) bekam mit dem Hinweis, dass der aber ganz bestimmt schon mal an einem Aal vorbeigeschwommen sei.

Ein bisschen gemein war es schon, dass jemand wie ich, der kein Problem hatte, jederzeit an Aal ranzukommen, die Gäste aus dem Süden veräppelte.

Klar, dass ich diesem Gag beim Abschlussabend desselben Durchganges noch einen draufsetzen musste. Ich kündigte erneut vor fast schon gelangweiltem Publikum an, dass ich das erste Tanzpaar mit einem Räucheraal belohnen würde und legte einen flotten Titel auf. Das Publikum aber streikte erstmal eine Weile. Niemand erhob sich und steuerte auf die Tanzfläche zu. Damit aber hatte ich gerechnet.

Beim nächsten Titel „Dancing Queen" von ABBA, liefen zwei Mädchen von der Crew der Rettungsschwimmer zuerst auf die Tanzfläche.

Ich ließ die beiden ein paar Takte tanzen, dann kam ich ihnen auf der Tanzfläche mit einem riesigen ovalen Serviertablett entgegen.

Das war belegt mit grünen Salatblättern, Zitronenscheiben und Zwiebelringen und auf ganzer Länge des Tabletts lag ein gut sechzig Zentimeter langer wunderbar duftender Räucheraal, den ich extra für diesen Gag aus meinem Fischerdorf um die Ecke besorgt hatte.

Ich hatte es damit geschafft, nicht nur die beiden Mädchen, sondern auch das restliche Publikum im Saal an diesem Abend das erste Mal zu verblüffen. Es quittierte die Aktion mit tosendem Applaus. Danach begann eine der größten und schönsten Partys.

Da ich mich in der Woche aber auch nicht zerreißen konnte und nicht zu jeder kleinen Gruppendisco, die in den Freundschaften geplant war, selbst mit meiner Technik aufkreuzen konnte, gab es für die Gruppen die Möglichkeit, eine kleine mobile Anlage und etwas Musik bei mir im Funkstudio auszuleihen. Für die Einweisung der Betreuerinnen in die Tücken der Technik ließ ich mir auch gern etwas mehr Zeit.

Aus der Bundesrepublik, aus dem Großraum Hamburg, kamen fast jeden Sommer, meistens gleich im ersten Durchgang, Kinder mit ihren Betreuern in unser Camp am Ostseestrand.

Von dieser Truppe stand eines Tages ein etwa zehnjähriger Steppke bei mir vor dem offenen Studiofenster und sah zu, wie ich gerade eine Single von den Puhdys auf den Plattenteller legte. Die Scheibe „Lebenszeit" hatte ich mir selbst einen Tag vorher aus der Kreisstadt mitgebracht. Als die Platte lief, beobachtete der Junge die drehende Scheibe und den sich darauf bewegenden Arm mit der Nadel aufmerksam, so als würde er zum ersten Mal einen Plattenspieler in Aktion sehen. Nachdem der Titel abgelaufen war und ich vom Band das nächste Lied einspielte, fragte mich der Junge: „Schenkst Du mir die Platte?"

Die gehörte nicht zum Bestand des Lagers, aber das musste ich dem Jungen nicht auf die Nase binden. „Du die kann ich nicht so einfach weggeben", sagte ich ihm und wollte noch zu einer längeren Erklärung ausholen, als der Steppke anbot:

„Wenn Du mir die Platte schenkst, dann schenke ich Dir diese hier", sagte er. Daraufhin reichte der Junge mir nun eine Single, die in einer bunten Papphülle steckte, durchs Fenster. Ich staunte nicht schlecht. Es war eine Platte von Smokie „Lay Back in The Arms of Someone" war auf der A-Seite.

Ich dachte über den angebotenen Tausch nach, der mir schon gefallen würde, musste aber dennoch ablehnen. „Du das mit dem Tausch wäre ja eine tolle Sache, jeder von uns bekommt die Platte, die er haben möchte. Aber ohne Zustimmung Eures Erziehers können wir das nicht machen. Frag ihn bitte erst, ob Du den Tausch mit mir machen darfst".

Der Junge verstand mich und zog los, nachdem ich ihm seine Single wiedergegeben hatte. Am späten Nachmittag kam dann der Betreuer seiner Gruppe vorbei und sagte, dass es völlig okay sei. „Rudi nimmt überall Platten zum Tauschen oder Verschenken mit. Seine Mutter arbeitet in einem Plattenladen, die bekommt sie dort noch günstiger." Auch Rudi blieb bei seinem Tauschvorhaben. So tauschte ich die Puhdys gegen Smokie ein.

12. Kapitel

Auf der Überholspur

Wer ständig auf der Überholspur fährt, verliert den Blick für das Normale und läuft Gefahr, sich in der nächsten Kurve zu überschlagen. Nachdem ich „grünes Licht" von Günter und auch von Klaus zur mobilen Nutzung der Discotechnik auch über den Sommer hinaus bekommen hatte, begann für mich die Zeit, in der ich mich auf der Überholspur wähnte. Ich nahm einen Haufen Termine an, unter der Woche in Gaststätten der HO und an den Wochenenden in den Konsumkneipen meiner Fischerdörfer.

Soweit es möglich war, unterstützten mich verschiedene Freunde als „Techniker". Mitunter wurden die Veranstaltungsorte täglich gewechselt. Da mussten die schweren Boxen ständig hin und her bewegt werden. Wenn die Anlage mal bei einem der begehrten Monatsverträge fünf Tage in der Woche an einem Ort blieb, war es trotzdem gut, einen zweiten Mann dabei zu haben, der einen mal ablöste. Bei der Eintönigkeit, die sich irgendwann einstellte, schadete es auch nicht, wenn jemand neue Ideen einbrachte.

Finanziell lukrativ waren die nächtlichen Diskotermine bis in die frühen Morgenstunden in der Nachtbar in Binz ebenso wie im kleineren Discoschuppen im Ostseebad, wo von montags bis donnerstags jeden Abend von 18 bis 22 Uhr ein voller Saal garantiert war, weil sich direkt gegenüber das Lehrlingswohnheim des Feriendienstes der DDR-Gewerkschaft, FDGB, befand. Doch je mehr Geld ich mit meinem Hobby verdiente, umso mehr konnte ich vor Ort ausgeben.

Mein Nebenjob, den ich manchmal für mehrere Wochen fast täglich ausübte, hatte einen großen Nachteil: Schlaf kam meistens viel zu kurz.

Dass ich in der Nachtbar selten vor vier Uhr morgens Feierabend hatte, durfte mich aber nicht davon abhalten, am nächsten Morgen pünktlich in der Schule zu sein.

Um das zu erreichen, hatte ich entweder die Möglichkeit, mit dem ersten Zug von Binz, mit Umsteigen in Lietzow nach Saßnitz zu fahren, wo gegen halb sieben der Bus in mein Dorf und sogar bis vor die Schule fuhr.

Oder aber ich bestellte mir in Binz vor die Mitarbeiterunterkunft zu 7 Uhr ein Taxi.

Dann hatte ich ein paar Stunden zum Schlafen. Ich nutzte abwechselnd beide Möglichkeiten, wobei mit der Taxifahrt dann auch ein großer Teil der Abendgage draufging. Auch entging es meinen Kollegen an der Schule nicht, dass ich gelegentlich morgens mit dem Taxi vorgefahren kam. Dass die Wagen nicht aus dem nahen Sassnitz stammten, merkten sie auch.

„Unser Pilei ist nur noch bei uns, weil er als Amateur eine berufliche Tätigkeit nachweisen muss", lästerte unsere Schulleiterin eines Tages und hatte damit zu diesem Zeitpunkt nicht einmal Unrecht.

Nur ändern wollte ich diesen Zustand gar nicht. Höchstens etwas mehr Schlaf hätte ich mir manchmal gern von meiner Gage gekauft, wenn es so einfach gewesen wäre. Dass ich nun ständig Geld genug in den Taschen hatte, machte mich jedoch auch spendabel und manchmal auch ein bisschen großkotzig. Dazu passt eine Episode, die sich in einem der Ostseebäder abspielte.

An einem Wochenende im Herbst 1978 war ich für mehrere Tage gemeinsam mit einem meiner Technikerkumpels in einem angesagten Discoladen im Einsatz.

Untergebracht waren wir auf Kosten des Veranstalters gegenüber in einem großen Hotel. Als unsere Party um Mitternacht zu Ende war, gingen wir zum Hotel rüber, wo die Bar meistens noch bis 2 Uhr nachts geöffnet hatte. Wir hatten beide je ein Mädchen dabei, ich hatte an dem Tag zuvor gerade meine Monatsgage von der HO, über 3000 Mark, in bar abgeholt und nun wollten wir ein bisschen feiern.

Allerdings war die Bar voll, weil nebenan im großen Saal des Hotels noch eine große Betriebsfeier mit Livemusik im Gange war. Also setzten wir uns ins Foyer zwischen Saal und Hotelbar an einen kleinen Clubtisch und versuchten eine der vorbeihuschenden Kellnerinnen zu erwischen, um etwas zu bestellen. Als sich nach langem Rufen endlich eine Kellnerin etwas unwirsch an uns wandte: „Was wollt Ihr?", sagte ich zu ihr: „Sekt. Bring uns einfach Sekt!".

Worauf sie schnippisch konterte: „Sekt allein ist keine klare Bestellung. Wieviel soll es denn sein?" – Ihre Art, in der sie mit mir redete, ärgerte mich. „Bring uns bitte so viel

Flaschen, wie auf diesen Tisch passen", forderte ich sie auf.

Sie sah mich mit großen Augen an und duzte mich jetzt auch: „Reichen Dir erstmal zehn Flaschen, Kleiner?" – Worauf ich frech konterte: „Nein, bring uns bitte zwanzig Flaschen. Ich will heute noch etwas Spaß haben, Baby!"

Wir bekamen tatsächlich die 20 Flaschen, die sie zusammen mit einer Kollegin auf unserem kleinen Tisch abstellte. Die konnten wir unmöglich allein trinken. Also lud ich großkotzig jeden, der ein Glas besorgen konnte, zum Sekttrinken ein. Ich selbst trank davon wohl am wenigsten. Eigentlich mag ich gar keinen Sekt.

Die Kellnerin kam dann übrigens später nochmal an unseren Tisch, um mir die Rechnung zu präsentieren. 460 Mark, die ich großzügig auf 500 Mark aufrundete. Wenn ich nun schon den Großkotz markierte, musste ich auch dabeibleiben. Als Dank für das üppige Trinkgeld küsste sie mich auf den Mund, womit sie meine Partnerin des Abends, die ich mit meiner Angebermasche ohnehin nur genervt hatte, endgültig in die

Flucht schlug. Sie verabschiedete sich wortkarg und verließ die Bar.

So krass wie an jenem Abend habe ich meine Discoeinnahmen dann zwar nicht mehr verplempert, aber große Reserven habe ich davon auch nie angelegt. Ich habe das Leben genossen.

Inzwischen hatte ich mir oder meiner Disco auch einen schönen Namen zugelegt. Ich nannte die Unternehmung „Disco Holiday". Das passte ganz gut, zumal auf der Insel schon damals viele Urlauber zum Discopublikum gehörten.

Die mussten im legendären Schneewinter 1978/79 dann sogar unfreiwillig länger in ihrem Erholungsheim ausharren, weil die Insel vollkommen zugeschneit war. Die erste große Schneewelle, die die Insel nach Weihnachten erwischte, erlebte ich in Binz. Ich hatte bei der HO angeheuert und war dort auch für den Silvesterabend gebucht.

Der endete für uns jedoch schon kurz nach 18 Uhr, weil der Strom ausfiel. Erst flackerte das Licht ständig, dann fiel der Strom komplett aus bis zum Morgen. Wir versuchten am Abend noch eine Weile mit einem Kassettenrekorder, den Gäste extra von zu Hause holten, die Party zu retten.

Als jedoch die Batterien zur Hälfte aufgebraucht waren, fing der Rekorder an zu leiern. Ohne Strom kann man nun einmal keine ordentliche Disco machen. Die Party wurde bei Kerzenschein und reichlich Alkohol dann irgendwann nur noch unter dem Personal weitergefeiert.

Im Ostseebad blieben wir noch Tage danach gefangen bei zunehmend schlechter werdender Versorgung. Aber uns ging es in Binz wohl immer noch besser als vielen Menschen in entlegenen Orten.

Erst später sickerte das Gerücht durch, dass es am Silvesterabend wohl kein technisch bedingter Stromausfall gewesen sein soll. Irgendein Parteibonze im Energieministerium in Berlin soll veranlasst haben, dass die Provinz abgeschaltet wurde, damit die Hauptstadt hell erstrahlen konnte.

Der wirtschaftliche Schaden, der durch die Stromabschaltung angerichtet wurde, muss riesig gewesen sein. Bei Temperaturen um minus 15 Grad in der Silvesternacht froren massenhaft Wasserleitungen und

Heizungsanlagen kaputt. Mit der Reparatur war man noch Monate beschäftigt.

Als zweiter Mann im Team unterstützte mich nach dem Jahreswechsel dann Maik, ein junger Mann, den ich aus Sassnitz kannte. Ich wusste zwar, dass er schon mal wegen einer Jugendstraftat im Gefängnis gesessen hatte und auch noch unter Bewährung stand. Aber das störte mich nicht, denn mir gegenüber war er loyal, stets hilfsbereit und eigentlich ein junger Mann, der irgendwann mal an falsche Freunde geraten war und der niemanden hatte, der ihn aus dem Sumpf rausholte. Das aber traute ich mir zu.

Im Frühjahr 1978 teilte Maik mir mit, dass er in der Kreisstadt noch ein Verfahren offen habe. Er hatte einen anderen Sassnitzer krankenhausreif geschlagen und da er unter Bewährung stand, drohte ihm nun eine mehrjährige Gefängnishaft. Maik erzählte mir, wie es aus seiner Sicht, zu der Prügelei gekommen war.

In einer Gaststätte hätten ihn drei Männer vollgepöbelt, von denen er einen aus der Schule kannte. Nach einem Wortwechsel hätten ihn zwei Mann festgehalten und der ehemalige Mitschüler hätte ihm seine

Westjeans, die er tags zuvor einem Seemann für teures Geld abgekauft hatte, ausgezogen.

Dann hätten sie ihm eine alte Trainingshose hingeworfen, die sie schon dabeihatten. Die Aktion muss wohl geplant gewesen sein. Maik wollte sich damit nicht abfinden und stürzte sich auf den Mitschüler. Die anderen griffen aber nicht ein und verschwanden lachend mit der Jeans. So ließ Maik seine Wut an dem Dritten aus.

Ich glaubte ihm, weil er keinen Grund gehabt hätte, mir etwas vorzulügen und ich von ähnlichen Vorkommnissen in Sassnitz vorher schon gehört hatte. Deshalb fuhr ich am nächsten Tag in die Kreisstadt, ging ins Polizeikreisamt und fragte dort nach der in Fällen von Jugendkriminalität ermittelnden Beamtin. Ich versuchte ihr klarzumachen, dass Maik am Ausgang der Sache nicht allein schuld sei.

Auch erklärte ich mich bereit, für meinen Techniker eine Art Patenschaft zu übernehmen. Doch die Kripobeamtin konnte ich mit meiner Fürsprache nicht beeindrucken. Für sie war der Fall klar genauso wie für den Jugendrichter, der Maik einen Tag später zu einer Freiheitsstrafe ohne Bewährung verurteilte.

Sie behielten ihn nach der Verhandlung gleich da. Auch für mich hatte allein mein Versuch, mich für meinen Helfer einzusetzen noch spürbare Konsequenzen. Per Postkarte wurde ich ins Kreiskulturhaus zur Abgabe meiner Spielerlaubnis aufgefordert. Das war aber praktisch. So konnten es in der Schule schon vorher alle lesen. Meine Post ließ ich mir in dieser Zeit direkt an die Schule schicken, weil ich mich in meinem Quartier eh nur selten aufhielt.

Die Sekretärin sprach mich sogar drauf an, sie verhehlte es nicht einmal, dass sie meine Post las.

Aber noch hatte ich die Hoffnung, dass ich alles aufklären könnte und ich im Kreiskulturhaus, wo man mir bislang immer wohlgesonnen war, Gehör finden würde. Das Gegenteil war der Fall.

Die sonst immer so freundliche und zuvorkommende Chefin des Kreiskabinettes teilte mir in sehr kühlem Tonfall mit, dass ich gesperrt sei und sie meine Spielerlaubnis vorläufig einziehen müsse. Es war schon beschlossene Sache. Für mich gab es keine

Anhörung, keinerlei Möglichkeit, mich zu verteidigen.

Das System hatte mal wieder funktioniert. Der kurze Draht, den die Behörden innerhalb des Staatsapparates hatten, muss wohl gleich nach meinem freiwilligen Besuch bei der Kripo geglüht haben. Wahrscheinlich wurde der Entzug der Spielerlaubnis sogar „von oben" angeordnet. Das vermutete zumindest Jochen, ein Kumpel aus Sassnitz, der etwas älter war und als Musiker auch schon mal für zwei Jahre gesperrt worden war, weil er einen Parteifunktionär, der sich über zu laute Musik beschwerte als „spießigen Bonzen" bezeichnet hatte.

Jochen wollte in Sassnitz von Maiks Fall gehört haben, dass das „Opfer" der Sohn eines einflussreichen Genossen gewesen sei. Offiziell aber erfuhr man dazu nichts. Mir halfen die Gerüchte nichts.

Mitten auf der Überholspur hat es mich aus der Kurve getragen. Das wollte ich mir jedoch nicht bieten lassen und suchte damals sogar nach einem Rechtsbeistand, der mein Recht auf Wiedererlangung der Spielerlaubnis für mich notfalls gerichtlich durchsetzen sollte. Ich war tatsächlich so naiv, zu glauben, dass so etwas möglich wäre, in einem Land, das für alles Gesetze hat.

Jochen nannte mir damals Namen und Adresse eines Rechtsanwaltes. Er war auf der ganzen Insel und auch auf dem Festland dafür bekannt, sich auch an komplizierte Fälle zu wagen. Also fuhr ich mit einer gewissen Portion Hoffnung zu dem Termin, den ich kurzfristig bekam.

Aber für mich nahm sich der Anwalt kaum Zeit, als ich ihn in seinem Haus ein Stück außerhalb von Binz aufsuchte. Nachdem ich ihm meinen Fall in aller Kürze – darauf bestand er - geschildert hatte, winkte er gleich ab. Entweder interessierte er sich gar nicht dafür, weil ich für ihn ein zu kleiner Fisch war oder er sah tatsächlich keine Möglichkeit, mir zu helfen.

„Lassen Sie es am besten auf sich beruhen und Gras drüber wachsen. Anders haben Sie keine Chance", lautete der Rat des Anwaltes, dessen Name elf Jahre später, in der Zeit der Wende öfter in den Medien kursierte – sein Name war Dr. Wolfgang Schnur.*[8]

Disco machte ich trotz meiner Sperre frech weiter. Anfangs übernahm ich überwiegend Familienfeiern wie Hochzeiten und runde Geburtstage. Die fanden in geschlossenem Rahmen statt.

Das konnte mir niemand verbieten. In dieser Zeit bekam ich meistens sogar bessere Gagen ausgezahlt, als es meine B-Stufe offiziell ermöglicht hätte. Sogar ein 100-D-Markschein lag einmal mit im Kuvert, das mir nach einer Hochzeitsparty der Brautvater dankbar überreichte. Das war nur ein kleiner Teil der großzügigen Gage.

Mein Groll über die meiner Meinung nach ungerechtfertigte Sperre, weil ich mir persönlich in Sachen Disco nichts Schlimmes vorzuwerfen hatte, ließ so schnell nicht nach. Deshalb nutzte ich auch jede Möglichkeit, im Rahmen meiner Möglichkeiten, meinem Ärger Luft zu machen.

So sollte ich bei einem Pfingsttreffen des Jugendverbandes in Berlin für eine Gruppe von 50 Jugendlichen für die Zeit des dreitägigen Aufenthaltes in der Hauptstadt verantwortlich sein. In feierlichem Rahmen während eines großen Treffens in der Kreisstadt wurden uns Mitgliedern der „Rügener Delegationsleitung" die Mandate in Form von Urkunden für die „ehrenvolle Aufgabe" überreicht.

Doch diese Masche mit ritualem Gedöns verfing bei mir nicht. Dazu war ich nicht in der richtigen Stimmung.

Am nächsten Tag, in der Versammlung der Pionierleiter in der Kreisleitung, gab ich die Mandatsurkunde mit der Bemerkung, dass sie die Leute, die sie für solch eine ehrenvolle Aufgabe nach Berlin schicken wollten, doch etwas genauer ansehen sollten, wieder zurück. „Ich verdiene dieses Mandat nicht. Ich darf ja nicht mal in einer Dorfkneipe ein Radio einschalten, aber in Berlin soll ich verantwortlich sein für 50 Jugendliche? Das vergesst mal!" knallte ich das Mandat meinem Chef auf den Tisch.

Im Raum war es plötzlich ganz still. Niemand reagierte. Nur Doris, die Dienstälteste unter den Pionierleitern der Insel, die mir gegenübersaß, nickte mir freundlich zu, als wollte sie sagen: „Haste gut gemacht, Junge!" Erst Jahre später, als ich selbst in der Bezirksleitung des Jugendverbandes in Rostock in der Abteilung Kultur arbeitete, erfuhr ich, dass der Erste Sekretär der Inselkreisleitung damals mächtig getobt haben soll, als ich mein Mandat zurückgegeben hatte.

Am liebsten hätte er mich als Pilei rausgeschmissen, aber das wäre ein Politikum gewesen. So blieb mein „Racheakt" ohne jede offizielle Reaktion. Nur Schorsch, mein „kleiner Chef" in der Kreisleitung sagte später mal zu mir, dass er mir solch eine mutige Aktion nicht zugetraut hätte.

13. Kapitel

Mein letzter Insel-Sommer

Meine Absage ans Pfingsttreffen war zwar tatsächlich die logische Konsequenz für versagtes Vertrauen mir gegenüber. Sie hatte aber auch noch einen praktischen Grund.

Während sämtliche linientreuen Funktionäre der Insel über Pfingsten nach Berlin reisten, um der Staats- und Parteiführung zu huldigen, fuhr ich mit der mobilen Anlage das erste Mal trotz der Sperre eine öffentliche Disco.

Der Veranstalter, der von mir über mein Dilemma informiert worden war, meldete die Party einfach unter dem Namen meines zweiten Mannes an. Das war Udo aus der Anfangszeit meiner Diskothekerkarriere. Seine A-Pappe war inzwischen zwar abgelaufen, weil er sie nicht verlängert hatte. Aber das störte niemand.

Zu der Zeit hatte Boney M. gerade einen Hit gelandet, der sehr gut zu meiner Disco passte. Mit dem Titel „Hooray, hooray, it's a holi-holiday" brachten wir das Publikum in dem kleinen Küstenort zum Toben.

Wen interessierte da ein behördlicher „Entzug der Spielerlaubnis"? Den neuen Boney-M.-Hit hatte ich Tage zuvor von einem Kurzurlaub bei meinen Eltern mitgebracht. Den vom Radio aufzunehmen, erwies sich als Geduldsspiel. Wie immer bei solchen Gelegenheiten hatte ich mein B100 aufnahmebereit ans Radio angeschlossen und den UKW-Sender NDR2 eingeschaltet.

So richtig gefiel mir das Repertoire an diesem Abend nicht, welches die Hamburger Radiomacher mir da durch den Äther schickten. Einige der Charthits kannte ich schon, andere gefielen mir einfach nicht.

Im Grunde wartete ich nur auf Boney M. mit „Holiday". Dann endlich lief der Titel an. Als wenn ich es vorher schon geahnt hätte, hatte ich das Bandgerät gleich nach der Moderation davor gestartet. „Digge ding ding ding, digge digge ding ding, hey di hey di hoh…" Das war, was ich haben wollte für meine „Disco Holiday".

Doch mitten im Lied ertönte plötzlich ein langer Piepton, gefolgt von einer Ansage: „Hier ist das NDR-Verkehrsstudio." Dagegen kann man nichts machen. Sicherheit im Straßenverkehr geht vor!

Nur was der Sprecher zu verkünden hatte, machte mich wütend: „In unserem Sendegebiet gibt es zurzeit keine nennenswerten Verkehrsstörungen. Kommen Sie gut durch die Nacht und unser Sendegebiet!" Piep – und der Rest des Liedes lief noch weiter.

Doch ich hatte mein Bandgerät längst angehalten. Der Sprecher in Hamburg, der mir die Aufnahme „meines" Liedes vermasselt hatte, konnte von Glück reden, dass zwischen ihm und mir nicht nur die 200 Kilometer Entfernung lagen, sondern auch noch eine gut gesicherte Staatsgrenze.

Statt den Mann vom Verkehrsstudio wütend am Schlafittchen zu packen, blieb mir nur die Möglichkeit, mich zu beruhigen und auf die nächst beste Gelegenheit einer Aufnahme zu warten. In derselben Nacht wurde das Lied noch dreimal gespielt, aber nicht ein einziges Mal davon in voller Länge.

Ich kam an dem Wochenende kaum noch aus meinem Zimmer raus und lag regelrecht auf der Lauer. Diese Ausdauer wurde dann doch noch belohnt.

Am nächsten Nachmittag erwischte ich den Titel in voller Länge und bester Tonqualität.

Zurück auf der Insel erwartete mich eine dienstlich besondere Herausforderung. Offenbar setzte man es nun darauf an, meine politische Zuverlässigkeit zu testen. Ich wurde von der Kreisleitung wenige Wochen vor dem Schuljahresende in ein Camp weiter oben im Norden der Insel, beordert. Dort wurde der damals in der Gesellschaft sehr umstrittene Wehrunterricht, zunächst nur für Jungen der neunten Klassen, abgehalten.

Geführt wurde das Camp von erfahrenen Offizieren und Ausbildern der Volksmarine aus Dranske und von einem Funktionär, der bei der SED-Kreisleitung unter anderem für die Jugendarbeit zuständig war. Den kannte ich zufällig, weil er im Sommer öfter mal die Delegationen aus Hamburg ins Ferienlager begleitet hatte.

Meine Aufgabe in dem Camp war es, die etwa 60 Jungen aus dem Kreisgebiet nach dem körperlich anstrengenden militärischen Drill in der ohnehin knapp bemessenen Freizeit etwas aufzumuntern.

Die Organisation von Turnieren, Quizrunden, einer Lesung und Spieleabenden gehörten zu meinen Aufgaben. Wanderungen in die nähere Umgebung zu organisieren, wie es mir auch aufgetragen wurde, verkniff ich mir allerdings. Die Jungs liefen tagsüber genug Kilometer. Das sagte ich dann auch.

Da das Camp im geschlossenen Rahmen stattfand, fuhr ich dann sogar die große mobile Diskoanlage auf, die dafür extra mit einem Barkas der NVA aus dem Ferienlager abgeholt wurde. Dann zelebrierte ich ein Discoprogramm mit Spieleinlagen und militärnahen Wettbewerben wie Bettenmachen und Schrankeinräumen und mit einer strammen 60:40-Titelfolge.

Das alles für ein Publikum, das nur aus Jungen bestand! Die tanzten dann sogar gemeinsam in großer Runde nach Citys Gassenhauer „Am Fenster". Einige von ihnen machten vielleicht das erste Mal in dieser Woche fröhliche Gesichter.

Mit dem Programm und diesem Publikum hätte ich vielleicht auch eine Jury bewegen können, mir die C-Stufe zu geben. Davon war ich überzeugt.

Aber ich hatte ja nicht mal mehr eine gültige Spielerlaubnis. Doch das änderte sich dann in der Tat kurz nach diesem ungewöhnlichen Auftritt.

Denn es war der Mann von der Kreisleitung, der sich dafür einsetzte und nach ein paar Telefonaten zwei Tage später mit mir zusammen in die Kreisstadt fuhr, wo mir eine lächelnde und überaus freundlich gestimmte Kabinettsleiterin meine Spielerlaubnis in die Hand drückte - mit dem Hinweis, dass sie diese inzwischen um zwei Jahre verlängert habe. Normalerweise wäre ich wieder mit einer Prüfung dran gewesen.

Ich solle die Sache mit der Sperre nicht persönlich nehmen, bat sie mich noch. Sie selbst hätte keinen Einfluss darauf gehabt. Das glaubte ich ihr sogar. Es sprach dann für meine Theorie, dass die Sperre „von oben" angeordnet worden war.

Doch viel Zeit blieb mir dann gar nicht mehr, als wieder zugelassener Diskotheker auf der Insel umherzuziehen. Die Sommerferien nahten und diese Zeit verbrachte ich wieder in meiner gewohnten Umgebung im Lagerfunkstudio des Ferienlagers auf der Halbinsel Mönchgut.

Ein paar Gelegenheiten, außerhalb des Lagers als Diskotheker in Aktion zu sein, nutzte ich aber schon noch.

Die Veranstaltungen fanden dann aber nur noch in Gaststätten der Konsumgenossenschaft in meinen Fischerdörfern statt. An Termine in HO-Gaststätten, so war von Diskotheker-Kollegen zu erfahren, war kaum noch ranzukommen und das mitten im Sommer.

Das lag zum Teil daran, dass aus dem Leipziger Raum eine große Truppe mit einem Riesenaufgebot an Technik auf der Insel unterwegs war. Diese Truppe trat überall unter demselben Namen auf, bestand aber aus mehreren kleinen Teams und konnte so mehrere Auftritte zeitgleich absichern. Ein DJ-Kollege, der selbst aus dem Süden der DDR stammte, kannte diese Truppe und bezeichnete sie abfällig als „Heuschrecken", die auch vor unlauteren Methoden, um an Muggen ranzukommen, nicht zurückschrecken würden.

Bei der HO liefen Terminabsprachen und Vertragsangelegenheiten mit Bands, Diskothekern und anderen Künstlern über den Mitarbeiter in der Kreiszentrale in Binz.

Mit ihm sind die Leipziger dann wohl in größerem Umfang handelseinig geworden, zum Nachteil der einheimischen Diskotheker. So gingen für einige meiner Kollegen auch die begehrten Wochen- und Monatsverträge in der Saison verloren.

Beim Konsum lief es anders. Da kümmerten sich die Gaststättenleiter selbst um den Einkauf der Künstler. Das geschah aber rechtzeitig genug. So hatte auch ich meine Termine langfristig vereinbart. Mir kam die Sachsentruppe nicht in die Quere.

Noch während ich das Leben in meinem kleinen Paradies in vollen Zügen genoss, erfuhr ich, dass auch dies bald ein jähes Ende finden würde. Ich bekam Post vom Wehrkreiskommando.

Laut Einberufungsbefehl, der mir an meine Heimatadresse zugestellt worden war, hatte ich mich am 1. November 1979 in der Ausbildungseinheit der Volksmarine auf der Insel Dänholm bei Stralsund, bekannt als „Schleifinsel Dänholm", [9]einzufinden. Für mich wurde es Zeit. Ich wurde im September 24 Jahre alt. Damit gehörte ich bei den Wehrpflichtigen schon zu den „Alten".

Jetzt empfand ich es sogar als vorausschauend und weise von mir, dass ich nicht viel Geld in eigene Discotechnik gesteckt hatte. Sonst hätte ich womöglich einen Käufer suchen müssen. Wer wusste schon, was ihn bei der Truppe erwartete und ob man danach noch Lust auf Disco hatte?

Nach vier herrlichen Sommern, in denen ich komplett in allen drei Durchgängen für den Lagerfunk zuständig war, musste ich mich nun erst einmal vom Ferienlager verabschieden, in dem ich nicht nur allerbeste Arbeitsbedingungen vorgefunden hatte, sondern das zumindest in der wärmeren Jahreshälfte stets auch eine Art Lebensmittelpunkt für mich war.

Meine Karriere als Diskotheker hätte wohl schon zeitig ein jähes Ende gefunden, wäre mir von den beiden Leitern des Lagers nicht so großzügig die Möglichkeit gewährt worden, mit der mobilen Technik, die mir anvertraut wurde, gut drei Jahre umherzuziehen.

14. Kapitel

Nichts für Normaldenkende

Günter und Klaus besuchten mich sogar einmal während meiner militärischen Grundausbildung auf der Insel Dänholm, als sie beide in Stralsund zu tun hatten. Zum „Offizier vom Dienst" (OvD) an der Hauptwache meinten sie, dass sie ihren „Lagerfunker" dringend sprechen müssten.

Klaus zückte noch sein Dienstdokument, das ihn als Mitarbeiter der FDJ-Bezirksleitung auswies. Beide durften zwar in die Dienststelle nicht rein. Aber ich wurde mitten im Theorieunterricht über irgendeinem militärischen Schwachsinn aus der Truppe genommen und von einem Unteroffiziersschüler zur Wache begleitet.

Dort schwatzte ich ein halbes Stündchen eher über Belangloses mit meinem überraschenden Besuch. Einen triftigen Grund hatten die beiden gar nicht. Das vertraute Gespräch tat mir gut an diesem Novembertag. Denn selbst die banalsten Informationen aus dem Ferienlager ergaben mehr Sinn als die unqualifizierte Rumbrüllerei der Ausbilder auf dem Exerzierplatz.

Noch am selben Tag musste ich mich im Dienstzimmer des Kompaniechefs melden. Der zeigte sich untröstlich darüber, dass ich als „gestandener Funker" – so war die Anfrage vom OvD wohl bei ihm angekommen - offensichtlich in einer völlig falschen Einheit gelandet sei. Er würde sich selbstverständlich beim Kommando der Volksmarine in Rostock dafür einsetzen, dass ich noch im Laufe der Woche in eine Funkereinheit versetzt würde. Funker würden schließlich nicht auf Bäumen wachsen, sinnierte der Offizier.

Es galt dringend ein Missverständnis aufzuklären. Ich holte tief Luft und fragte, ob ich dazu etwas erklären dürfte. Ich durfte und so klärte ich den Offizier darüber auf, dass zwischen einem Funker und einem Lagerfunker eines Kinderferienlagers Welten liegen würden und ich vom Handwerk der Funker keinen blassen Schimmer hätte. Eine Versetzung erübrigte sich also.

15. Kapitel

Alles ist anders als vorher

In der anderen Welt, hinter der Wache, in der alles nach Regeln und Vorschriften ablief und kaum Fragen gestellt, sondern gleich Befehle erteilt wurden, fand ich mich in den anderthalb Jahren meiner Wehrpflichtzeit dann doch überraschend gut zurecht.

Dabei war der überwiegende Teil der Vorschriften und Befehle so sinnlos, dass man auf jeden Fall vermeiden sollte, tiefer darüber nachzudenken.

Als Diskotheker aber konnte ich mich während dieser Zeit nicht nützlich machen. Dass ich ein ausgebildeter S.p.U. mit gültiger B-Pappe war, erfuhr der sympathische Kulturhausleiter vom Range eines Oberleutnants der Volksmarine in meiner Dienststelle erst eine Woche vor meiner Entlassung eher durch Zufall.

Wir sollten für eine private Feier unseres Kompaniechefs eine mobile Diskoanlage aus dem Clubhaus auf einen Lkw verladen. Dabei bekam der Clubhausleiter, der uns die Anlage übergab, mit, dass ich mich ganz gut damit auskannte. Nach dem Verladen lud er mich als Obermatrosen (Gefreiter) zu einer Tasse Kaffee in sein Dienstzimmer ein.

Er wollte alles wissen über meine Erfahrung als DJ. Als ich ihm dann aber auch sagte, dass in einer Woche mein Grundwehrdienst zu Ende wäre, meinte er nur: „Mensch Junge, wenn Du mir das schon vor einem Jahr erzählt hättest, was Du alles gemacht hast, dann hätte ich Dich fürs Klubhaus angefordert. Du hättest dann nicht einen einzigen Wachdienst schieben müssen! Schade, die Chance haben wir verpasst", meinte der Offizier und wünschte mir alles Gute für die Zukunft.

Im wahren Leben war nach der Armeezeit tatsächlich für mich alles anders als vorher. Auf die Insel ging ich nicht mehr zurück, das wollte ich auch nicht mehr, denn ich war nun auch nicht mehr ungebunden. Ich gründete meine eigene Familie und zog zunächst nach Rostock. Dass ich Spaß daran hatte, als Diskotheker Leute zu unterhalten, das störte meine Frau, die ich in meinem letzten Sommer auf der Insel im Ferienlager kennengelernt hatte, nicht. So hatte sie mich schließlich schon erlebt.

Aber ich hatte nach meiner Entlassung vom Wehrdienst erst einmal gar keine Gelegenheit, wieder umher zu tingeln.

Aus zwei Gründen: Ich hatte keine Anlage zur Verfügung, nicht einmal mehr das B100, denn das hatte eines Tages seinen Geist aufgegeben, durch irgendeine elektronische Fehlerquelle im Inneren, die mir niemand reparieren konnte.

Der andere Grund war der unzureichende Musikbestand. Nach anderthalb Jahren Abstinenz war mein Repertoire, das ich auf unzähligen Tonbändern gespeichert hatte, nicht mehr aktuell. Ich hätte allenfalls damit noch eine Oldieparty ausstatten können.

Technisch hatte sich in der Zwischenzeit einiges verändert. Sämtliche Kollegen „draußen" hatten in der Zeit, während ich bei der Armee war, ihr Repertoire von Tonband auf die praktischer zu handhabende Kassette umgestellt.

Inwieweit diese Variante geeignet war, auch qualitativ mit den bewährten Tonbändern mitzuhalten, war eine Frage des materiellen Einsatzes. Wer auf Billiggeräte und preiswertes Kassettenmaterial setzte, erlebte meistens schnell ein Fiasko.

Die Billiggeräte leierten mächtig und mit den preiswerteren 20-Mark-Kassetten produzierten sie massenhaft Bandsalat.

In Rostock, so erzählte man sich damals unter Diskothekern, soll es einen Kollegen gegeben haben, der aus lauter Wut seinen Kassettenspieler samt verknäuelter ORWO-Kassette aus dem fünften Stock eines Neubaublocks geworfen hatte.

Wer richtigerweise auf verlässliche Technik setzte, der musste schon etwas tiefer in die Tasche greifen, ordentliche Kassettendecks besorgen und mindestens die 30-Mark-Kassetten kaufen, wenn man keine Quelle im Westen hatte. Für all das hatte ich erst einmal kein Geld, keine Lust und auch keine Zeit. Davon hatte ich als Familienvater nun auch weniger übrig.

Mitte der 1980er Jahre lernte ich das Veranstaltungswesen noch in anderer Funktion kennen. Als Manager einer jungen Rostocker Amateur-Rockband kam ich viel im Bezirk Rostock herum. Nun waren es die größeren Säle, die interessant wurden.

Außerdem hatte ich längst die Fahrerlaubnis und besaß ein eigenes Auto. Zuerst kutschierte ich die Band mit einem alten Moskwitsch 408 und einem riesigen Anhänger durch die Gegend. Später stiegen wir in den bequemeren Wolga GAZ 24 um.

Meine guten Kontakte, die ich inzwischen dienstlich zu Kulturhausleitern und Jugendclubchefs im ganzen Bezirk Rostock hatte, kamen bei der Jagd nach Auftrittsterminen für die Band zu Hilfe.

Ein einziges Mal trat ich im Zusammenhang mit der Band auch wieder als Diskotheker in Erscheinung. Das war in einer Silvesternacht. Die verbrachten wir an einem für mich sehr vertrautem Ort – im „Schacht" in Sassnitz. Meine Aufgabe war es, zwischen den Liveabschnitten der Band, die aus vier bis fünf Titeln bestanden, passende Discomusik vom Band abzuspielen. Das machte ich dann aber nicht wie gewohnt von der Bühne, sondern vom Technikpult aus.

Das Kassettenmaterial für diese Mugge hatten wir gemeinsam aus privaten Beständen zusammengetragen. Ich wollte mal testen, ob ich es noch schaffe, die Leute mit meiner Musikauswahl auf die Tanzfläche zu bringen. Das klappte am vertrauten Ort bis kurz vor Mitternacht ganz gut.

Dann legten wir eine Pause ein, damit die Gäste draußen mit ihren Böllern das neue Jahr begrüßen konnten. Doch die Mühe nach draußen zu gehen, machten sich viele gar nicht erst. Sie ballerten ihre Harzer Blitzknaller mitten im Saal ab. Da halfen auch mehrfache Warnungen, die wir den Gästen per Durchsage vom Veranstalter ausrichteten, nicht. Die Ballerei und der Schwefeldunst, der sich ausbreitete, wurden unerträglich.

Die Musiker packten demonstrativ und völlig zu Recht ihre Instrumente ein und traten nun gar nicht mehr auf. Auch ich hatte wenig Lust, die Leute für ihre Unvernunft auch noch mit Musik zu belohnen. Aber der Veranstalter wollte wegen des guten Umsatzes trotzdem, dass wir weitermachen.

Als wirksame Strafe gab es nur ein Mittel, das helfen konnte. Ich legte eine Kassette mit Titeln ein, die innerhalb unserer Band völlig verpönt waren. Als ohrenbetäubendes Strafgericht prasselten diese Titel aus unseren Boxentürmen auf die sich so unvernünftig gebenden Gäste nieder.

Ich startete mit „You're My Heart, You're My Soul" von Modern Talking. Sie hatten es schließlich nicht anders verdient.

Von mir bekamen sie Musik auf die Ohren, die auf lange Sicht betrachtet zerstörerischer wirkt als Harzer Böller, weil sie den Geist nachhaltig umnebelt - noch Jahrzehnte später! „Cheri, Cheri Lady" kam gleich hinterher und als krönenden Abschluss legte ich mit: „You Can Win, If You Want" noch einen dritten Titel des damals sehr populären Pop-Duos Dieter Bohlen/Thomas Andres nach. Rache kann so schön sein.

Das Publikum im „Schacht" aber war schon immer besonders. Schon beim ersten Modern-Talking-Titel füllte sich die Tanzfläche, die Ballerei hörte auf und die Leute taten nichts anderes, als fröhlich zu feiern. Unsere Musiker sahen dem Treiben fassungslos zu und fragten sich: „Wo sind wir bloß hingeraten?"

16. Kapitel

Vom S.p.U. zum CD-Unterhalter

Erst gegen Ende der 1980er Jahre bemühte ich mich wieder ernsthaft darum, mir ein discotaugliches Repertoire auf Tonbandkassetten anzulegen. Von einer Besuchsreise in den Westen, wie sie nun bei triftigen Familienangelegenheiten möglich geworden waren, hatte ich mir einen Kassetten-Doppelrekorder mitgebracht und einen Stapel Leerkassetten eines namhaften Herstellers. Binnen weniger Monate hatte ich wieder ein ordentliches Repertoire zusammen. Zwar besaß ich noch immer keine eigene Verstärkeranlage. Aber die gab es in meiner neuen Arbeitsstätte, einem Jugendclubhaus.

Zwar legten dort überwiegend Diskotheker aus der Region auf, aber bei Clubfeten ließ ich es mir dann nicht nehmen, meine eigenen Kassetten einzusetzen. Schallplatten kamen dann so gut wie gar nicht mehr zum Einsatz. Dafür eroberte ein neues Medium zunehmend die Discoszene.

Die gegenüber den Schallplatten relativ kleinen silbernen Scheiben aus Plastik lieferten einen verblüffenden Klang von hoher Qualität. Da konnte keine Kassette mithalten. Die CD war aber vor allem für uns DJs ein ideales Medium, weil das lästige Hin- und Herspulen bei der Titelsuche wegfiel und diese jetzt per Knopfdruck erfolgte. Das sparte uns auf der Bühne viel Zeit und Arbeit.

Um genug dieser neuen CDs kaufen zu können und damit eine ganze Disco zu gestalten, brauchte man aber Westgeld. Das stand mir kurz nach dem Mauerfall, im Herbst 1989, leider nur in begrenzter Menge zur Verfügung.

Von einem unserer ersten Westausflüge als Familie im November 1989 kehrten wir mit einer HiFi-Kompaktanlage zurück, die einen CD-Spieler integriert hatte.

Wir hatten unser „Begrüßungsgeld" in die Anlage investiert. Auch für zwei nagelneue Doppelalben auf CD mit bunter Titelauswahl reichte das Westgeld gerade noch. Die „Jumbo Hits" mit Aufnahmen von Milli Vanilli, Phil Collins und anderen sowie „Alfs Super-Hitparade 2" mit Titeln von Sidney Youngblood und Westbam gehörten jahrelang zum stetig wachsenden Bestand.

Nach der Wende gab es auch im Osten keine „Schallplattenunterhalter" und Einstufungen mehr. Niemand, der als Diskjockey losziehen und Geld verdienen wollte, musste mehr seine Befähigung dafür gegenüber einer Kommission nachweisen. Man ging einfach zum nächsten Gewerbeamt und meldete sein Gewerbe an. Das war's dann auch schon. Fast zu einfach!

Dass auch heute noch immer Kollegen im Einsatz und sehr gut im Geschäft sind, die noch die harte Schule als S.p.U. erlebt haben, kann auch ein Indiz dafür sein, dass die Ausbildung, die wir damals erhielten, so übel nicht war.

Dafür mussten viele, darunter auch ich, nach der Wende erst einmal lernen, mit neuen Erfordernissen klarzukommen. Während wir Diskotheker zu DDR-Zeiten von Finanzämtern nahezu unbehelligt blieben, gilt es heute, stets mit daran zu denken, dass der Staat an jedem finanziellen Erfolg beteiligt werden möchte.

Jeder Diskjockey, der seinem Veranstalter eine Rechnung vorlegt, muss heute wissen, dass damit auch das Finanzamt über seine Einnahme Kenntnis erhält.

In meinen ersten DJ-Jahren nach der Wende war das mit den Rechnungen zum Glück noch nicht so ausgeprägt wie heute. Ab und zu galt es höchstens mal eine einfache Quittung zu unterschreiben, oft aber wurde die Gage auch ohne Beleg ausgezahlt wie bei einer ganz normalen Familienmugge.

Zusammen mit der DDR abgeschafft wurde auch die strenge 60:40-Vorschrift. Einem DJ wird nicht mehr diktiert, in welchem Verhältnis er Musiktitel einsetzen darf. Damit ist das Eintreiben der Tantiemen für Komponisten, Texter und andere Empfänger aber nicht vom Tisch, wie anfangs einige Kollegen naiv glaubten.

Denn die in der Bundesrepublik zuständige GEMA ist noch rabiater in ihrem Vorgehen, als zu DDR-Zeiten die AWA. Nur hält sie sich meistens direkt an die Veranstalter. Für die Berechnung der GEMA-Gebühren existiert mittlerweile ein ganzer Dschungel an Tarifen.

An alle möglichen Veranstaltungsformen und Räume wurde gedacht. Selbst für Tabledance-Bars und Bordelle gelten extra Tarife. Sogar Kleinstunternehmer, die ihr Radio an ihrer Imbissbude laut laufen lassen, können irgendwann mit einem saftigen Gebührenbescheid der GEMA rechnen.

Das vergessen die meisten, wenn mal wieder von den „Schikanen gegen Musiker und Diskotheker zu DDR-Zeiten durch die AWA-Kontrolleure" die Rede ist.

Die GEMA ist heute viel effizienter organisiert, digital vernetzt und über „Musikvervielfältigungen" jeglicher Art sehr gut informiert. Die Formulare, die heute von den Hütern des Urheberrechts an Veranstalter ausgegeben werden, sind wesentlich komplizierter und bürokratischer als die simplen Titellisten, die wir als Diskotheker damals auszufüllen hatten.

Deutlich verbessert aber haben sich für unsere Branche mit der Wende vor allem die technischen Möglichkeiten. Auch ich konnte den schier unbegrenzten Angeboten nicht lange widerstehen und legte mir Mitte der 1990er eine 1200 Watt starke mobile Diskoanlage zu.

Davor nutzte ich aber auch gern mal die neuen Möglichkeiten, sich solche Anlagen beim Fachservice gegen eine kleine Gebühr auszuleihen. Die Befürchtung, dass ich eines Tages wieder nur mit einer 60-Wattanlage auf einer großen Freilichtbühne stehen könnte, besteht absolut nicht.

Wenn die eigene Technik nicht reicht, mietet man sich eben das nötige Equipment dazu, einschließlich dem, was man an Lichteffekten gern einsetzen möchte oder bezahlen kann.

So reiste ich auch nach der Wiedervereinigung unter stark verbesserten Bedingungen noch gut zwei Jahrzehnte als mobiler DJ durch die Gegend, allerdings ohne mir mit all zu viel Terminen unnötigen Stress aufzuladen. Denn die Veranstaltungszeit, in der wir nun die Leute unterhielten, hatte sich ebenfalls drastisch geändert. Während in Jugendclubs und Tanzgaststätten zu DDR-Zeiten spätestens um 1 Uhr nachts die Party zu Ende war, ging sie jetzt oft erst nach 22 Uhr los und konnte schon mal bis morgens um 7 Uhr dauern. Mit dieser Umstellung musste man erst einmal klarkommen.

Für mich als gewohnten Nachtschwärmer war das jedoch nie ein Problem. Die Disco „Holiday" gab es aber übrigens nicht mehr, diese Bezeichnung hatte nur damals gut zu mir und zur Insel gepasst. Ich unterhielt mein Publikum fortan als „DJ Rollo" in Anlehnung an das Jugendclubhaus, das ich unter diesem Namen für kurze Zeit privat betrieben hatte.

Beruflich bedingt war es mir dann irgendwann nicht mehr möglich, sich jedes Wochenende die Nächte um die Ohren zu hauen. Ich hatte inzwischen einen Job, an dem ich jeden Sonntag zu arbeiten hatte.

So blieb das zwischendurch weiter modernisierte Equipment zunehmend ungenutzt, bis ich mich dann doch irgendwann schweren Herzens davon trennte, allerdings geschah dies auch aus Platzgründen nach einem Umzug.

Zum Glück hat es aber von meiner Seite nie einen offiziellen Abschied von meinem DJ-Dasein gegeben, so dass ich auch heute noch immer ganz wahrheitsgemäß sagen kann, dass ich im Grunde nie ganz damit aufgehört habe.

Eines meiner Wunschvorhaben aus der Zeit nach der Wende konnte ich allerdings aus verschiedenen Gründen bisher noch nicht umsetzen: eine Rückkehr, meinetwegen auch einmalig oder für kurze Zeit - als DJ auf die Insel, wo 1974 alles begonnen hatte. Es hat sich bisher einfach nicht ergeben.

Aber vielleicht ist es auch besser, einfach nur die Erinnerungen an die schöne Zeit auf Rügen zu bewahren.   -Ende-

Erläuterungen/Quellennachweise

[1] Einige Namen der handelnden Personen sind erfunden, andere habe ich so belassen. Da ich aber meistens nur Vornamen verwendet habe, vollständige authentische Namenskombinationen nicht vorkommen, werden Persönlichkeitsrechte damit auch nicht berührt. Einige Personen und Handlungen sind auch frei erfunden.

[2] Mugge – (od. „Mucke") so nannten und nennen Musiker und seit den 1970er Jahren vermehrt auch DJs in Deutschland ihre Auftrittstermine. Eine mögliche Quelle des Wortes könnte laut Wikipedia in der Abkürzung für „Musiker-Gelegenheits-Geschäft" liegen. Der Duden gibt „Mucke" als korrekte Schreibweise an, was nach englischer Herkunft dann eher für „Drecksarbeit" steht. Inzwischen wird „Mucke" im jugendlichen Sprachgebrauch aber auch für die private Bewertung einzelner Musiktitel (geile Mucke) verwendet. Quelle: Wikipedia

[3] Der Name des zuständigen Mitarbeiters lautete damals anders, Markus Schneider ist frei erfunden, Ähnlichkeiten mit tatsächlich existierenden Personen wären rein zufällig.

[4] Der Autor dieses Buches siedelte 1967 als fast Zwölfjähriger mit seinen Eltern und fünf Geschwistern von der BRD in die DDR über. Davon erzählt er in seinem Buch „Rübergemacht, aber andersrum" – m(eine) deutsch-deutsche Familiengeschichte. Erhältlich als E-Book und Taschenbuch bei Amazon.

[5] ORWO – steht als Abkürzung für Original Wolfen. In der staatlichen Filmfabrik in Wolfen (heute Sachsen/Anhalt) wurden zu DDR-Zeiten Filme und Tonbänder produziert.

[6] Wolga GAZ24 – PKW aus sowjetischer Produktion. Das Fahrzeug kam in der DDR häufig als Taxi, aber ebenso als Dienstwagen staatlicher Behörden zum Einsatz.

[7] Rügen-Radio – so hieß der Seefunk, mit dem Kontakt mit den Schiffen der zunehmend wachsenden Handels- und Fischfangflotte der DDR ermöglicht wurde. Ab 1957/1958 wurden Nachrichtenverbindungen von Rügen-Radio zu Schiffen der DDR auf allen Ozeanen hergestellt.
Quelle: Wikipedia

[8] Wolfgang Schnur (* 8. Juni 1944 in Stettin; † 16. Januar 2016 in Wien) war ein deutscher Jurist. Er war in der Deutschen Demokratischen Republik als Rechtsanwalt, u. a. im Umfeld der evangelischen Kirche, tätig. Von 1965 bis 1989 war er Inoffizieller Mitarbeiter des Ministeriums für Staatssicherheit (MfS). In der Wendezeit 1989 war Schnur als Politiker aktiv. Er war Mitbegründer und einige Monate Vorsitzender der Partei Demokratischer Aufbruch, die sich später der CDU anschloss.
Quelle: Wikipedia

[9] Schleifinsel Dänholm - so heißt ein Kapitel im historischen Roman „Irrfahrt" (1977) von Gerhard Grümmer (1926 - 1995). Darin beschreibt er die Ausbildung der Besatzungen für die U-Boote der Kriegsmarine zur Nazizeit in der „Schiffstammabteilung" auf der Insel Dänholm.